BASTEI
LÜBBE

BARBARA CARTLAND

Das Licht der Götter

Aus dem Englischen
von Esther Facius

BASTEI
LÜBBE

BASTEI-LÜBBE-TASCHENBUCH
Band 11880

Deutsche Erstveröffentlichung
Titel der englischen Originalausgabe:
Light of the Gods

Printed September 1992
Einbandgestaltung: Roland Winkler
Titelfoto: Vincence/Norma Barcelona
Satz: Druckerei Siebel, Lindlar
ISBN 3-404-11880-4

Der Preis dieses Bandes versteht sich
einschließlich der gesetzlichen Mehrwertsteuer

1

1860

Saska ordnete die Blumen im Wohnzimmer, als sie draußen vor dem Haus das Geräusch einer haltenden Kutsche vernahm.

Da ihr Vater und Nanny, die ihnen den Haushalt führte, ausgegangen waren, legte sie die Blumen rasch aus der Hand und strich sich das Kleid glatt. Dann warf sie einen schnellen Blick in den Spiegel über dem Kaminsims, um zu sehen, ob ihr Haar noch in Ordnung war.

Sie hatte den ganzen Morgen gearbeitet und nicht die Zeit gehabt, auf ihr Äußeres zu achten; sie hoffte, daß es sich bei dem Besuch, der vermutlich ihrem Vater, dem Vikar, galt, nicht um jemanden von Bedeutung handelte.

Andererseits gab es nur wenige Menschen im Kirchspiel, die in einer Kutsche fuhren.

Die Farmer benutzten hohe Holzkarren, und der Doktor fuhr im Sommer einen offenen Einspänner, den er im Winter mit einem alten Lederverdeck versah, das ihm einen notdürftigen Schutz gegen das Wetter gewährte.

Doch wer es auch sein mochte, er hatte vor der Haustür angehalten und betätigte nun den Klopfer.

Saska eilte aus dem Zimmer in die kleine Halle

und sah zu ihrer Überraschung eine Erscheinung in blassem Pink durch die unverschlossene Tür ins Haus treten.

»Deirdre!« rief sie

»Guten Morgen, Saska«, erwiderte ihre Cousine, Lady Deirdre Lang.

»Ich nehme an, du bist überrascht, mich zu sehen.«

»Sehr überrascht sogar«, erwiderte Saska. »Ich wähnte dich in London.«

»War ich auch. Bin gestern abend zurückgekommen.«

Deirdre betrat vor Saska das Wohnzimmer und blickte sich naserümpfend darin um. Dann sagte sie in befehlendem Ton:

»Schließ die Tür! Ich muß mit dir reden.«

Fragend schaute Saska sie an.

Deirdre war ihre Cousine ersten Grades, sie waren etwa gleich alt. Doch seit sie aus den Kinderschuhen herausgewachsen waren, mußten sie feststellen, daß die Vertrautheit, die früher einmal zwischen ihnen geherrscht hatte, verschwunden war.

Im Gegenteil! Bei den seltenen Gelegenheiten, da Deirdre sie besuchte, wurde sich Saska stets schmerzlich bewußt, wie groß der gesellschaftliche Abstand war, der zwischen ihnen klaffte. Sie war nichts als die arme Verwandte, und Deirdre und ihre Eltern schauten mit nicht zu überbietender Geringschätzung auf den mittellosen Vikar und dessen Tochter hinab.

Das war nicht so gewesen, als ihre Mutter noch lebte. Aber sie war vor drei Jahren gestorben, und von dem Augenblick an hatte Saska erfahren müssen, wie unbedeutend die Tochter des Vikars von Little Langworth war - bis auf die eine Ausnahme, daß sie zu dem Schirmherrn der Vikarspfründe, dem Marquis von Langworth, Onkel sagte.

Als Lady Margaret Lang, einzige Tochter des zweiten Marquis von Langworth, gegen den heftigen Widerstand des Vaters beschloß, Reverend Mervyn Waverley zu heiraten, wandten sich praktisch sämtliche Verwandten von ihr ab.

»Wie kannst du nur so dumm sein, dein gutes Aussehen und deine gesellschaftliche Stellung einem klerikalen Hungerleider zu opfern?« hatten sie entrüstet gefragt.

Und so hörten sie gar nicht hin, als Lady Margaret ihnen antwortete, daß sie sich unsterblich in den schönsten, liebenswürdigsten und attraktivsten Mann verliebt habe, dem sie je begegnet sie.

Die Empörung der Verwandten war verständlich, denn Lady Margaret war in London ein großer Erfolg gewesen, und es gab zahlreiche angesehene Freier, die um ihre Hand warben.

In der Tat überlegte ihr Vater verzweifelt, ob er bei der Wahl des Schwiegersohns einem Peer aus einem der ältesten Adelsgeschlechter Englands oder einem Baron, dessen Besitz und Vermögen den eigenen Reichtum um ein Vielfaches überstieg, den Vorzug geben sollte.

Doch Lady Margaret erklärte, daß man ihr entweder die Heirat mit dem Mann, den sie liebte, gestattete oder damit rechnen müsse, daß sie mit ihm durchbrenne, was zweifellos einen Skandal heraufbeschwören werde.

Nach monatelangen Diskussionen, Tränen und Bitten, die Lady Margaret völlig ungerührt ließen, gab ihr Vater schließlich nach.

Sie heiratete den Erwählten in aller Stille, ohne Glückwünsche und Geschenke, und zwei überglückliche junge Leute bezogen außerhalb des väterlichen Besitzes das kleine Vikariat im Dorf, das zufällig frei geworden war.

Der alte Vikar war im hohen Alter von fast neunzig Jahren verschieden, und der Marquis hatte sich gesagt, daß er als Vater wenigstens dafür sorgen sollte, daß seine Tochter ein Dach über dem Kopf und ihr Mann eine Pfründe bekam.

Dennoch hütete er sich, seinen neuen Schwiegersohn mit materiellen Gütern zu verwöhnen. Armut war der ständige Gast im Vikariat von Little Langworth, und zu einem Luxus irgendwelcher Art reichte das Geld nicht.

Doch all das änderte nicht das geringste daran, daß die beiden Jungvermählten glücklich waren und aneinander genug hatten. Auf ihre Verwandten jedenfalls konnten sie gut und gern verzichten. Daß sie von ihnen weder eingeladen noch im mindesten beachtet wurden, störte sie in keiner Weise.

Erst einige Jahre später mußte Lady Margaret erkennen, daß sie ihre Tochter um alle Vergnügungen betrog, die dieser auf Grund ihrer Abstammung zustanden. Und da ihr Bruder inzwischen der dritte Marquis von Langworth geworden war, erhielten seine Tochter Deirdre und Saska eine gemeinsame Gouvernante.

Für Saska bedeutete dies, daß sie in den Genuß einiger Vorzüge kam, auf die sie vorher hatte verzichten müssen.

Da gab es ein herrliches Frühgregorianisches Haus, in dem sie umherstreifen konnte, eine riesige Bibliothek mit unzähligen Büchern zum Schmökern und einen Stall voller Pferde, die ihr und der Cousine zur Verfügung standen.

Die neue Marchioneß jedoch folgte dem Beispiel ihrer Vorgängerinnen. Sie war davon überzeugt, daß Lady Margaret mit ihrer Heirat eine Riesendummheit begangen hatte – was sie bei jeder passenden und unpassenden Gelegenheit unmißverständlich zum Ausdruck brachte.

»Immer wenn ich singe: ›Der Reiche auf hohem Roß, der Arme in seinem Troß – Gott machte sie hoch oder niedrig...‹«, sagte Margaret Waverley eines Tages zu ihrem Ehemann, »muß ich an Alice denken, die sich so viel darauf einbildet, daß Gott sie zu einer Hochgestellten machte, während wir es vorzogen, zu den Niedrigen zu gehören.«

Ihr Mann lachte, sagte jedoch:

»Wenn es dich wirklich beunruhigt, Darling, werde ich um Versetzung in eine andere Gemeinde bitten. Ich bin sicher, der Bischof wird Verständnis für unsere Situation haben und mir eine andere Pfründe zuweisen.«

»Nein, das möchte ich auf keinen Fall«, erwiderte Lady Margaret. »Saska müßte auf alle Vorteile verzichten, die sie jetzt genießt, denn du weißt sehr wohl, daß wir uns die Art von Pferden, die sie reitet, und die Lehrer, die sie und Deirdre unterrichten, niemals leisten könnten.«

Sie dachte vor allem daran, wie glücklich Saska über den Musikunterricht war, den die Mädchen von einem sehr begabten Lehrer erhielten. Er war zuvor ein berühmter Musiker gewesen, hatte seinen Künstlerberuf jedoch aus gesundheitlichen Gründen aufgeben müssen.

Außerdem war Saska von den Tanzstunden begeistert, die im Ballsaal des Schlosses abgehalten wurden und die es Deirdre, als sie nach London ging, ermöglichten, alle modernen Tänze zu erlernen und sie mit einer Leichtigkeit und Anmut zu tanzen, die sie von Natur aus nicht besaß.

Und zuguterletzt war Saska überaus dankbar für die vielen Bücher in der Bibliothek, denn nichts faszinierte sie so sehr wie Lesen. Und so war sie in Wirklichkeit der einzige Mensch im ganzen Schloß, der von dem gewaltigen Angebot an Lesestoff vollen Gebrauch machte.

»Weißt du, Papa«, hatte sie zu ihrem Vater gesagt, als sie fünfzehn wurde, »der Kurator sagte heute zu mir, ich sei die einzige, die jemals einen Band der griechischen Klassiker mitgenommen hat. Und ich habe dort viele Titel entdeckt, die du nicht in deiner Sammlung hast.«

Ihr Vater hatte interessiert aufgeschaut.

»Vielleicht könnte ich sie gut für meine Übersetzungen gebrauchen«, sagte er dann.

»Ich werde dir die Titel aufschreiben, Papa«, sagte Saska bereitwillig. »Oder besser noch, ich bringe sie mit nach Hause, damit du einen Blick darauf werfen kannst.«

Eine kurze Pause entstand, bevor der Vikar erwiderte:

»Ich weiß nicht, ob wir uns ohne Erlaubnis deines Onkels Bücher aus der Bibliothek entleihen sollten. Und ehrlich gesagt, bin ich im Augenblick nicht sehr versessen darauf, ihn um einen Gefallen zu bitten.«

Saska lächelte.

Sie wußte, ihr Vater hatte eine Meinungsverschiedenheit mit seinem Schwager wegen des miserablen Zustands der Häuser, in denen die Pensionäre wohnten.

Trotz seines Reichtums konnte der Marquis ungewöhnlich knauserig sein, wenn es sich um Dinge handelte, die nicht ihn persönlich betrafen. Und dabei hatte ihr Vater nachdrücklich darauf hingewiesen, daß sich einige Pensionäre schlimme Gesundheitsschäden zugezogen hätten, weil in ihren Häusern die Dächer undicht waren oder die Türen nicht richtig schlossen.

»Das geht schon in Ordnung, Papa«, beruhigte ihn Saska.

»Der Kurator ist so begeistert darüber, daß ich mich für die Bücher interessiere, die auch er mag, daß ich mir alles entleihen darf, was ich will.«

Sie hörte nicht auf seinen Protest und brachte ihm jedes Buch mit nach Hause, das er für seine Übersetzungsarbeit aus dem Griechischen brauchen konnte.

Der Vikar hatte vor vier Jahren damit begonnen, sein kärgliches Einkommen durch das Schreiben von Büchern ein wenig aufzubessern.

Es handelte sich dabei vornehmlich um Übersetzungen griechischer Klassiker, die bei einem kleinen, aber sehr treuen Kreis von Schülern und Professoren großen Anklang fanden.

»Auch kleine Beträge sind willkommen«, pflegte Lady Margaret zu sagen, die im übrigen stolz darauf war, daß ihr Gatte in Fachkreisen als Experte des griechischen Altertums geschätzt wurde.

Auf Longworth Hall allerdings war man nur an der großen Gesellschaft interessiert, an deren Himmel Deirdre, sowie sie als Debütantin nach London kam, einen kometenhaften Aufstieg erlebte.

Deirdre war nicht nur außergewöhnlich hübsch, sondern sie trug auch Kleider der teuersten Schneidergeschäfte der Hauptstadt. Und sie konnte ihren Einladungen einen so großartigen Rahmen geben, wie es nur dem Besitzer von Longworth House auf dem Berkeley Square möglich war.

Kein Wunder also, daß sich alle Welt um sie bemühte und zahlreiche Gentlemen ihr den Hof machten.

Für Saska bedeutete die Vertreibung aus dem Schulzimmer, daß sich ihr Leben über Nacht völlig veränderte.

Der tägliche Besuch auf Longworth Hall entfiel. Der Unterricht, den sie regelrecht genossen hatte, während Deirde ihn nur murrend ertrug, brach jäh ab. Zu Ende war es auch mit dem Reiten und den Tanzstunden.

Das schlimmste jedoch war, daß es fast unmöglich wurde, ein Buch aus der Bibliothek zu entleihen.

Zwar wäre Mr. Cornwall entzückt gewesen, sie zu sehen, doch um so unangenehmer würde eine Begegnung mit ihrer Tante ausgefallen sein, die von ihr auf eine so erniedrigende Weise einen Grund für ihre Anwesenheit verlangt hätte, daß ein offen ausgesprochenes Hausverbot Saska nicht schmerzlicher hätte treffen können.

Es bedurfte keiner Frage: Nun, da Saska erwachsen war, erwartete man von ihr, daß sie sich von Longworth Hall fernhielt und begriff: Ihr Platz war jetzt im Vikariat und im Dorf.

Ohne die Unterstützung der Mutter war das Herrenhaus zum verbotenen Gebiet geworden. Saska tat gut daran, die Vergangenheit, die so glücklich für sie gewesen war, zu vergessen.

Zum Glück blieb ihr keine Zeit zur Trauer und zum Trübsalblasen, denn zu Hause wartete immer ein gehöriges Maß an Arbeit auf sie.

Mit dem Tod von Lady Margaret versiegte auch die finanzielle Beihilfe, die sie von Longworth Hall erhalten hatten. Saska und ihr Vater mußten nun ausschließlich von dem leben, was die Pfründe und der Verkauf seiner Bücher ihm einbrachten.

Das bedeutete, daß sie sich keine Hausgehilfin mehr leisten konnten. Was Nanny, die inzwischen schon recht alt geworden war, nicht mehr schaffte, mußte Saska übernehmen.

Aber da sie gerne für ihren Vater sorgte, machte ihr das nichts aus. Sie war zufrieden, wenn sie sich am Abend zu ihm ins Studierzimmer setzen und sich mit ihm unterhalten konnte.

Sie hatten beide tagsüber ihre Arbeit, und die Stunden vergingen wie im Flug, bis sie sich am Abend wieder zu einem angeregten Gespräch über geschichtliche Themen treffen konnten, das zuletzt unweigerlich bei den Griechen, deren Kunst, Mythologie und Literatur endete.

Die Kenntnisse ihres Vaters auf diesem Gebiet waren faszinierend, so daß Saska nie genug darüber hören konnte.

Sie versuchte auch, ihrem Vater bei seinen Übersetzungen zu helfen, und fand das passende englische Wort oft schneller als er.

Dennoch war es ein sehr zurückgezogenes Leben, das Saska führte. Vor allem wenn man bedachte, daß sie ein junges Mädchen von achtzehn und außergewöhnlich schön war.

»Wenn Sie mich fragen, Vikar«, hatte Nanny vor

ein paar Tagen unverblümt zu ihm gesagt, »ist es ein schreiendes Unrecht, daß Seine Lordschaft nichts für seine Nichte tut, wo sie und Lady Deirdre sich als Kinder doch so nahestanden.«

Der Vikar blickte von seinem Schreibtisch auf und fragte ein wenig vage:

»Was meinst du damit konkret?«

»Was ich damit meine, Sir, ist ganz einfach. Ich glaube, es wäre nur recht und billig, daß Miß Saska auch einmal zu einem Ball gehen und junge Männer kennenlernen kann, die sie bewundern und ihr den Hof machen, wie sie es bei Lady Deirdre tun. So groß ist der Unterschied bei den beiden nämlich nicht. Im Gegenteil! Schließlich ist Miß Saska das genaue Ebenbild ihrer Mutter, und Lady Deirdre kommt ganz auf ihren Vater. Sie könnten Zwillinge sein, die beiden.«

»Ich gebe zu, eine gewisse Ähnlichkeit ist vorhanden«, bemerkte der Vikar und nickte zustimmend.

»Und die würde noch größer sein, wenn Miß Saska etwas Ordentliches anzuziehen hätte«, brummte Nanny. »Ein hübsches Kleid, wissen Sie, nicht immer diese billigen Leinenkittel, die ich ihr nähe.«

Nach einer Pause sagte der Vikar:

»Du weißt, Nanny, daß wir es uns im Augenblick nicht leisten können, Geld für Kleidung auszugeben.«

»Ich weiß, Sir«, entgegnete Nanny. »Aber selbst wenn das möglich wäre, wenn Sie Miß Saska ein Kleid in der Bond Street kauften – wo sollte sie es tragen? Die Kohlköpfe im Garten würde sie nicht damit beeindrucken, und die wenigen Dorfbewohner, die am Sonntag in die Kirche kommen, wohl auch nicht.«

Da der Vikar keine Antwort gab, fuhr Nanny fort:

»Es ist eine himmelschreiende Sünde, wie sich das

hübsche Kind den ganzen Tag hier abplagt und nie einmal zu den Gesellschaften eingeladen wird, die im Großen Haus stattfinden. Ich bin sicher, wenn Ihre Ladyschaft noch lebte, würde sie ein Wörtchen dazu zu sagen haben. Und mir brennt es regelrecht unter den Fingernägeln, Seiner Lordschaft einmal gehörig die Leviten zu lesen.«

Nachdem Nanny ihre Rede beendet hatte, stolzierte sie aus dem Studierzimmer und warf die Tür mit einem lauten Knall hinter sich zu.

Der Vikar seufzte schwer.

Er wußte nur zu gut, daß Nanny die Wahrheit sagte, doch es gab nichts, was er an diesem Zustand hätte ändern können.

Jedenfalls brachte er es nicht über sich, vor seinem Schwager einen Kniefall zu machen und ihn anzuflehen, Saska zu den Partys einzuladen, die regelmäßig im Großen Haus, wie die Dorfbewohner Langworth Hall zu nennen pflegten, stattfanden.

Erst recht wußte er, daß die Chancen tausend zu eins standen, daß Deirdre Saska jemals dazu auffordern würde, sie während der Saison nach London zu begleiten.

Bedrückt warf er einen Blick auf die Miniatur seiner Frau, die auf seinem Schreibtisch stand. Er fragte sich, ob er in ihren Augen vielleicht einen Vorwurf zu erkennen vermochte.

»Was soll ich denn tun, Liebste?« fragte er leise. »Das ist auch einer der Gründe, weshalb du mir so schrecklich fehlst und ich mir ohne dich so einsam und verloren vorkomme.«

Obwohl der Vikar an ein Weiterleben nach dem Tod und ein Wiedersehen mit seiner Frau glaubte, war er sich klar darüber, daß er sie gern jetzt bei sich gehabt hätte.

Die Lücke, die sie mit ihrem Weggang zurückgelassen hatte, schien mit den Jahren immer schmerzlicher und tiefer zu werden, und in jedem Augenblick des Tages wuchsen sein Kummer und seine Verzweiflung über ihren frühen Verlust.

Als Nanny vor Saska wiederholte, was sie dem Vikar gesagt hatte, lachte diese nur.

»Kannst du dir vorstellen, Deirdre würde mich jemals zu einer Party einladen?« fragte sie. »Wir wissen beide, du und ich, daß sie sich meiner schämt, weil ich nur die Tochter eines armen Dorfgeistlichen bin.«

»Irrtum«, widersprach Nanny ihr unerwartet. »Sie ist eifersüchtig auf dich.«

Wieder ließ Saska ein amüsiertes Lachen hören.

»Liebste Nanny, du weißt genau, daß es nichts gibt, weshalb Ihre Ladyschaft eifersüchtig auf mich sein könnte.«

Noch während sie dies sagte, wurde ihr bewußt, daß dies nicht ganz der Wahrheit entsprach. Deirdre war von Natur aus eifersüchtig. Sie neidete jedem alles, was er hatte und was sie nicht besaß.

Sie hatte die Tochter des Friedensrichters um den jungen Mann beneidet, der ihr überallhin folgte und mit keinem anderen Mädchen tanzte als mit ihr. Damals waren sie noch Kinder gewesen und mehrmals zu Kindergesellschaften im Haus des Friedensrichters eingeladen worden.

Auch Saska hatte daran teilgenommen. Meist war Deirdre sehr unfreundlich gewesen, weil ihre Cousine sich auf diesen Partys herrlich unterhielt und nicht zuletzt, weil sie so liebreizend aussah.

Auf einer Heimfahrt sagte sie einmal zu ihr:

»Ich glaube, du produzierst dich zu sehr, wenn du ›Orangen und Zitronen‹ tanzt. Außerdem bin ich sicher, du hast die Jungen mit irgendwas bestochen, weil sie sich beim ›Cotillon‹ alle um dich reißen.«

»Aber die meisten wollen doch immer nur mit dir tanzen«, sagte Saska und hoffte die Cousine damit zu beschwichtigen.

»Ja, und wenn ich das schönste Kleid auf der Party angehabt hätte, würden sie alle mit mir getanzt haben«, erwiderte Deirdre.

Die Marchioneß hatte sich eingemischt.

»So ist es, Liebling. Madame Yvonne wird dir ein neues Kleid machen, obwohl sie sehr teuer ist.«

Und weil sie entschlossen war, Saska zu erniedrigen, fügte sie hinzu:

»Du solltest deiner Mutter sagen, daß du unbedingt ein anderes Kleid brauchst. Das, was du jetzt trägst, ist dir viel zu eng – und auch zu kurz.«

»Ich werde es Mama ausrichten, Tante Alice«, antwortete Saska gleichmütig.

Sie wußte, daß ihr Kleid völlig in Ordnung war und ihre Tante sich nur dafür rächen wollte, daß Deirdre eifersüchtig auf sie war.

Seitdem war eine lange Zeit vergangen. Sie hatte Deirdre fast ein Jahr nicht mehr gesehen. Auch sonst gab es keinerlei Verbindung zwischen ihnen. Das einzige, was Saska über die Cousine erfuhr, hatten ihr die Leute im Dorf erzählt.

Da die meisten Diener, die im Großen Haus beschäftigt waren, aus Little Langworth kamen, gingen die Geschichten über Deirdres gesellschaftliche Erfolge im Dorf von Mund zu Mund. Es gab nur wenige Dinge, die sich in London oder der Grafschaft zutrugen, von denen Saska nichts erfuhr.

Sie hörte, daß bereits einige angesehene Gentlemen ihrer Cousine einen Heiratsantrag gemacht hatten, die Queen ihr bei der Vorstellung im Buckingham-Palast ein besonderes Lächeln geschenkt hatte und man sich hinter vorgehaltener Hand von der Heirat mit einer Persönlichkeit aus dem Hochadel erzählte.

Saska fand all diese Dinge faszinierend, obwohl sie sich ab und zu ein wenig wehmütig wünschte, Deirdre selbst zu sehen und aus ihrem Mund zu erfahren, was es in ihrem Leben an aufregenden Neuigkeiten gab.

Und nun war ihr Wunsch in Erfüllung gegangen. In einem Moment, da sie nicht mehr damit gerechnet hatte.

Seltsamerweise war die Cousine zu ihr gekommen. Anstatt sie zu sich nach Langworth Hall rufen zu lassen, hatte Deirdre sich herabgelassen, Saska im Vikariat aufzusuchen.

Wie es nun einmal Saskas Art war, rief sie impulsiv:

»Du siehst wundervoll aus, Deirdre. Ich habe dich noch nie in Pink gesehen, ich muß sagen, es steht dir wirklich ganz ausgezeichnet.«

»Das sagt jeder«, antwortete Deirdre selbstzufrieden. »Doch ich weiß nicht, ob ich in Blau nicht noch besser aussehe.«

Sie näherte sich dem Kaminsims und betrachtete sich im Spiegel, wie Saska es vorhin getan hatte.

»Gestern abend trug ich auf einem Ball im Buckingham-Palast eine Robe völlig in Grün. Ich hörte später, daß der Prinzgemahl gesagt haben soll, es sei das schönste Kleid im Saal gewesen.«

»O Deirdre, wie wundervoll für dich. Hast du jeden Tanz getanzt?«

»Natürlich«, erwiderte Deirdre, »und eine Reihe sehr eleganter Herren waren äußerst verärgert, als sie feststellen mußten, daß ich völlig ausgebucht war und nicht einmal einen einzigen Tanz für sie frei hatte.«

»Ich glaube, du bist die Schönste auf jedem Ball, den du besuchst.«

»Ja, natürlich bin ich das«, antwortete Deirdre und wandte sich zu Saska um. »Übrigens bin ich zu dir gekommen, weil ich dir ein Geheimnis anvertrauen möchte, das du allerdings niemandem verraten darfst.«

»Du weißt doch: Wenn du mir etwas im Vertrauen mitteilst, schweige ich wie ein Grab.«

Aufgeregt dachte sie: Deirdre will mir etwas anvertrauen. Alles ist wieder so wie in alten Zeiten, als wir uns gegenseitig Dinge verrieten, die niemand, nicht einmal die Eltern, wissen durfte.

»Nimm Platz, Liebes«, sagte sie und deutete auf das Sofa. »Weshalb willst du mich sehen? Ich habe dich sehr vermißt – mehr, als ich dir sagen kann.«

Sekundenlang ließ sich Deirdre dazu herab, überrascht dreinzublicken. Dann erklärte sie:

»Weißt du, ich bin so entsetzlich beschäftigt, Saska. Gestern noch sagte ich zu Mama, daß ich keinen Augenblick mehr für mich selbst habe.«

»Das verstehe ich natürlich«, antwortete Saska. »Und jetzt bist du hier, um mir ein Geheimnis anzuvertrauen?«

Deirdre senkte die Stimme.

»Das Geheimnis ist, daß ich mich mit dem Duke von Silchester verloben werde.«

Saska schaute sie aus großen Augen an.

»Wie aufregend! Wie wundervoll für dich! Liebst du ihn sehr?«

»Der Gedanke, einen Duke zu heiraten, raubt mir den Atem. Stell dir vor, Saska, ich werde eine Ducheß sein und vor Mama zum Dinner gehen!«

»Erzähl mir von ihm! Sieht er gut aus?«

»Ja, sehr. Aber es paßt zu dir, daß du noch nie etwas von ihm gehört hast! Er gehört zu den angesehensten und bedeutendsten Herzögen in England. Er ist Besitzer eines berühmten Rennstalls und hat ein stattliches Haus in Buckinghamshire, das noch viel größer ist als Langworth Hall.«

»Das klingt ja großartig!« rief Saska. »Wann werdet ihr denn heiraten?«

Eine Pause entstand.

Dann erwiderte Deirdre:

»Papa trifft die Vorbereitungen. Zunächst werden wir eine Verlobungsparty geben, zu der wir alle unsere Verwandten einladen und natürlich jeden, der in der Grafschaft Rang und Namen hat.«

»Wann wird das sein?« fragte Saska.

»In etwa drei Wochen. Doch Papa sagt, niemand dürfe vorher erfahren, daß wir verlobt sind, damit die Überraschung um so größer ist.«

»Ich freue mich, daß du es mir verraten hast.« Saska lächelte die Cousine an. »Und du weißt, Deirdre, daß ich dir alles Glück der Welt wünsche.«

Deirdre antwortete nicht darauf, und nach einem Augenblick fragte Saska:

»Stimmt etwas nicht?«

»Alles stimmt«, erwiderte Deirdre. »Es ist nur, daß ich deine Hilfe brauche.«

»Meine Hilfe?«

»Ja, Saska. Du kannst mir helfen, und du darfst mich unter keinen Umständen hängenlassen!«

»Aber natürlich nicht!« versprach Saska. »Ich tue alles, was du von mir verlangst – wie ich es immer getan habe, Deirdre.«

»Ich wußte, du würdest das sagen«, erwiderte Deirdre. »Aber nun hör mir genau zu! Es ist nämlich sehr wichtig.«

Saska hatte sich neben der Cousine auf dem Sofa niedergelassen. Deirdre wandte sich ihr zu und sagte:

»Papa erfuhr vorgestern, daß der Duke einen Unfall hatte.«

»Einen Unfall? Wurde er verletzt?«

Deirdre nickte.

»Er weilt in Schottland bei seiner Großmutter. Er trat auf eine Legbüchse.«

»O nein!« rief Saska aus. »Wie schrecklich!«

Sie wußte, wie gefährlich diese Legbüchsen waren. Ihr Vater hatte ihr schon mehrmals deren Mechanismus erklärt und hielt sie für ebenso grausam und verwerflich wie Fangeisen und Fußangeln.

Er hatte Saska erklärt, daß Legbüchsen in Nordengland und Schottland verwendet wurden, im Süden des Königreichs aber weniger gebräuchlich waren. Man fing damit Füchse und Wildkatzen, die auf Enten und Rebhühner Jagd machten.

Kleinere Tiere, wie Kaninchen oder manchmal auch Lämmer, benutzte man als Köder. Wenn dann ein Fuchs, angelockt durch ihr Quieken oder Blöken an der Falle schnupperte, löste sich der Schuß und tötete ihn oder brachte ihm schlimme Verletzungen bei.

»Legbüchsen sind reine Tierquälerei«, hatte ihr Vater voller Empörung gesagt. »Kein Mensch dürfte solche Folterinstrumente benutzen!«

Er war zornig gewesen, denn er vermutete, daß einer der Wildhüter des Marquis diese Vorrichtung benutzte, nicht nur um Füchse zu fangen und zu töten, sondern auch um Wilddiebe abzuschrecken.

Es war ihm dann auch tatsächlich gelungen, die Entfernung dieser Selbstschußanlagen auf dem Langworth-Besitz durchzusetzen. Doch zuerst war es zwischen ihm und dem Marquis zu hitzigen Auseinandersetzungen gekommen.

»Du machst dir sicher große Sorgen wegen des Duke«, sagte Saska nun ein wenig atemlos.

»Ja, er tut mir leid«, antwortete Deirdre. »Doch gleichzeitig habe ich nicht die geringste Lust, nach Schottland zu fahren.«

»Hat er dich denn gebeten, zu ihm zu kommen?«

»Seine Großmutter hat Papa geschrieben und ihn wissen lassen, daß der Duke sehr niedergeschlagen sei. Man mußte ihn operieren, um etliche Splitter aus seinem Körper zu entfernen, und nun hütet er das Bett. Seine Großmutter meint, es wäre sehr nett von mir, wenn ich in den Norden käme und einige Tage an seinem Krankenbett verbringen würde.«

»Es ist eine lange Reise«, erwiderte Saska. »Aber ich bin sicher, daß du die Beschwernisse der Fahrt gerne auf dich nimmst.«

Eine Weile schwieg Deirdre, bis sie sagte:

»Das ist genau der Punkt, Saska. Ich habe keine Lust, nach Schottland zu reisen. Und tatsächlich bin ich im Augenblick auch nicht abkömmlich.«

»Warum nicht?«

»Weil Lord Gerard mich zu einer Party eingeladen hat, die er mir zu Ehren in seinem Haus gibt, das etwa dreißig Meilen von hier entfernt liegt. Ich habe seine Einladung bereits angenommen und denke nicht daran, ihn zu enttäuschen.«

»Aber Deirdre, wenn du den Duke heiraten willst, möchtest du doch bestimmt bei ihm sein, wenn er dich braucht.«

Deirdre schien nach Worten zu suchen, bevor sie antwortete:

»Nein, nein, die Sache mußt du anders sehen. Lord Gerard ist – ein sehr guter Freund von mir, und die Party ist schon seit langem geplant. Er veranstaltet einen kleinen Ballabend, sehr intim und in engstem Kreis. Und vorher gibt es einige faszinierende kleine Überraschungen, auf die ich mich schrecklich freue. Ich muß einfach dabeisein. Und mehr noch, ich bin fest entschlossen, mir diesen Spaß nicht entgehen zu lassen.«

Deirdres Stimme hatte einen harten Klang, der Saska nicht verborgen blieb. Und da sie Deirdre sehr gut kannte und man ihr nicht so schnell ein X für ein U vormachen konnte, sagte sie:

»Ich habe den Eindruck, Liebes, Lord Gerard bedeutet dir sehr viel, nicht wahr?«

Sekundenlang glaubte sie, Deirdre würde diese Tasache abstreiten.

Doch dann sagte die Cousine:

»Ich habe ihn sehr gern, und es ist mein sehnlichster Wunsch, zu seiner Party zu gehen.«

Saskas Augen forschten im Gesicht der Cousine.

»Du liebst ihn, Deirdre. Weshalb heiratest du ihn dann nicht?«

»Wie soll das gehen? Der Duke hat doch um meine Hand angehalten«, antwortete Deirdre. »Papa und Mama sind völlig aus dem Häuschen vor Freude, weil ich Ducheß werde. Denk doch an die Position, die ich bei Hofe, auf dem Stammsitz des Duke und überall dort, wo er einen Wohnsitz hat, einnehmen werde.«

Deirdre holte Luft, bevor sie aufgeregt weitersprach:

»Und die Silchester-Diamanten sind berühmt. Es soll sogar ein Diadem geben, das aussieht wie eine Krone.«

»Aber du liebst Lord Gerard!«

»Das brauchst du nicht in einem fort zu betonen«, sagte Deirdre gereizt. »Und selbst wenn ich ihn liebe, wäre es verrückt, wenn ich den Duke abweisen würde. Es würde Papa und Mama zur Raserei bringen. Nein, ich bin fest entschlossen, ihn zu heiraten. Aber ich werde auch zu Harrys Party gehen, weil es das letzte Mal ist, daß ich ihn vor meiner Hochzeit sehen werde.«

In Deirdres Stimme klang ein leises Beben. Saska streckte die Hand aus und berührte die Hand der Cousine.

»Und du bist sicher, du wirst mit dem Duke glücklich sein, obwohl du einen anderen liebst, nur weil diese Heirat dir eine hohe gesellschaftliche Stellung einbringt? Wirst du es nicht eines Tages bereuen, Lord Gerard nur dieser Stellung wegen aufgegeben zu haben?«

»Er kann mir nicht genug bieten«, erwiderte Deirdre. »Sein Besitz ist sehr klein, und ich weiß, daß er hoch verschuldet ist. Doch ich will reich sein, sehr reich – und eine Ducheß.«

Saska wollte entgegnen, daß ihre Mutter ihren Vater geheiratet und dies niemals bereut habe. Aber sie wußte, Deirdre würde ihr das nicht abnehmen, denn schließlich hatte sie ihr dies in der Vergangenheit oft genug zu verstehen gegeben.

»Wie konnte deine Mutter nur das Leben, das sie früher führte, aufgeben und einen kleinen mittellosen Vikar heiraten?« hatte sie oft genug gesagt.

»Ich habe nie zwei Menschen gesehen, die glücklicher miteinander waren als Mama und Papa.«

»Well, ich für meinen Teil glaube, es war reine Verrücktheit auf seiten deiner Mutter. Mir kannst du nicht einreden, daß sie sich nicht manchmal nach schönen Kleidern, Kutschen, Pferden, Dienerschaft und natürlich nach der Gesellschaft hochgestellter und angesehener Menschen gesehnt hätte.«

Es ist zwecklos, dachte Saska, Mama als Beispiel anzuführen, an dem sich ihre Cousine orientieren sollte. Gleichzeitig jedoch war sie davon überzeugt, daß Deirdre einen Fehler machte, den sie einmal bitter bereuen würde.

»Natürlich besitze ich selbst sehr viel Geld«, sagte Deirdre nachdenklich. »Aber ich habe nicht die Absicht, dieses Geld für einen Mann auszugeben, da ich erwarte, daß ein Mann sein Geld für mich ausgibt.«

»Wenn du heiratest, geht dein Vermögen aber in den Besitz des Mannes über«, sagte Saska. »So jedenfalls will es das Gesetz. Und dann hast du sowieso nichts mehr davon.«

»Doch«, behauptete Deirdre. »Ich werde mich nämlich am Geld des Mannes schadlos halten. Und der Duke ist unermeßlich reich.«

Saska schlug die Hände zusammen.

»O Deirdre, denke doch in Ruhe darüber nach! Ich möchte, daß du glücklich wirst. Ich möchte, daß du wirklich die Liebe findest. Ich hatte immer Angst, du könntest einmal zu einer Ehe gezwungen werden.«

»Na schön«, erwiderte Deirdre. »Ich werde zu dieser Ehe gezwungen. Meine Eltern arrangieren sie für mich. Aber was ist schon dabei? Bedenke die Vorteile, die ich haben werde. Ich werde den Duke heiraten und eine Stellung erringen, die ich bestimmt genießen werde. Aber zunächst werde ich noch zu Harrys Party gehen, und dabei sollst du mir helfen.«

»Und wie?« fragte Saska verwirrt. »Was kann ich tun?«

Deirdre wartete einen Augenblick, bevor sie ganz langsam sagte:

»Du wirst an meiner Stelle nach Schottland reisen und dich um den kranken Duke kümmern.«

»Das ist doch lächerlich!« rief Saska entsetzt. »Er will nicht mich sehen, sondern dich.«

»Genau dieser Wunsch soll ihm erfüllt werden. Jedenfalls soll er das glauben.«

Schweigen.

Dann sagte Saska:

»Das verstehe ich nicht. Erklär mir, wie du das meinst.«

»Du bist aber wirklich äußerst begriffsstutzig«, erwiderte Deirdre ungeduldig. »Ich gehe zu Harrys Party, während du nach Schottland reist und dich als Deirdre Lang ausgibst. Du wirst bei der Großmutter des Duke wohnen und ihm die fiebrige Stirn kühlen. Du tust einfach alles, was eine liebende Braut tut, die am Krankenbett ihres Verlobten weilt.«

»Ich glaube, du hast den Verstand verloren!« rief Saska entgeistert. »Bist du wirklich der Meinung, der Duke könnte mich mit dir verwechseln?«

»Oh, ich hab' ganz vergessen, dir zu sagen, daß er im Augenblick blind ist.«

»Blind?«

»Die Explosion der Legbüchse hat ihm das Augenlicht geraubt. Seine Großmutter schrieb in ihrem Brief an Papa, daß sie hofften, es wäre nur eine vorübergehende Erblindung. Aber etwas Endgültiges könnten sie erst sagen, nachdem der Verband abgenommen worden sei.«

»Wie furchtbar!« sagte Saska. »Wie entsetzlich! Ich kann es kaum glauben!«

»Doch, es stimmt«, erwiderte Deirdre. »Und deshalb bin ich ganz sicher, Liebes, daß der Duke glauben wird, ich wäre es, die an seinem Krankenbett sitzt, während ich mich in Wirklichkeit anderweitig auf sehr viel fröhlichere Art und Weise amüsiere!«

»Und du glaubst tatsächlich, er wird mich für dich halten?«

»Warum nicht?«

»Aber die anderen? Seine Großmutter? Die Diener...«

»Sie haben mich nie gesehen«, antwortete Deirdre. »Und überdies hat man immer gesagt, wir glichen uns wie Schwestern – oder sogar wie Zwillinge.«

»Du bist viel, viel schöner, als ich es jemals sein werde«, sagte Saska.

»Das stimmt«, erwiderte Deirdre. »Andererseits wird niemand Verdacht schöpfen, wenn du so gekleidet bist wie ich und die Frisur nach der neuesten Mode trägst. Jeder wird dich dann für die halten, für die du dich ausgibst.«

»Das kann schon sein«, gab Saska nachdenklich zu.

»Also hör endlich damit auf, diese blödsinnigen Einwände zu machen«, fuhr Deirdre fort. »Papa und Mama werden nach Windsor fahren und mit der Queen an einer Landwirtschaftsschau teilnehmen. Sie brechen morgen in aller Frühe auf.«

Deirdre schwieg einen Moment, dann sagte sie:

»Du und ich, wir werden eine Stunde später zum Bahnhof fahren. Mister Webster, Papas Sekretär, wird uns hinbringen. An der nächsten Station steige ich dann wieder aus, weil Harry dort auf mich wartet!«

Saska stieß einen Schrei aus.

»Aber Deirdre, wenn dich jemand sieht!«

»Warum sollte das der Fall sein? Und wenn, werden sie nicht denken, daß ich es bin, denn ich sitze ja – wie sie glauben – im Zug nach London.«

»Es ist zu kompliziert! Ich werde das nie schaffen!«

»Ich habe alles genau geplant«, erwiderte Deirdre. »Das heißt, eigentlich ist es Harry, von dem dieser Plan stammt. Aber wie dem auch sei, du hast nichts anderes zu tun, als unsere Anweisungen zu befolgen.«

»Was wird denn sein, wenn ich in London ankomme?«

»Du wirst dort von dem Clerk, der bei Mister Webster arbeitet, in Empfang genommen. Er ist schon nach London vorausgefahren, und da er erst kürzlich eingestellt wurde, hat er mich noch nie gesehen – höchstens einmal aus der Entfernung.«

»Wie heißt er?«

»Evans. Er wird im Schnellzug nach Schottland einen Wagen für dich reserviert haben und dich zum Bahnhof bringen. Harry meinte, wenn du Glück hast, ist die Zeit zum Umsteigen so kurz, daß du an einem Besuch in unserem Haus auf dem Berkeley vorbeikommst.«

Weil Saska zu verwirrt war, starrte sie Deirdre nur an. Diese fuhr fort:

»Du kannst natürlich nicht allein reisen. Hannah muß ich zu Harry mitnehmen, weil ich auf der Party so gut wie möglich aussehen möchte. Aber Emily kann dich begleiten. Sie ist ein wenig schwachsinnig, aber sie wird alles tun, was du ihr sagst.«

»Sie wird bestimmt darüber reden«, sagte Saska.

Deirdre schüttelte den Kopf.

»Ich mußte Hannah in die Sache einweihen. Du weißt, daß sie für mich durchs Feuer gehen würde. Ich kann mich also hundertprozentig auf sie verlassen. Sie tut alles für mich, und sie wird Emily klarmachen, daß man sie ohne Zeugnis fortschicken wird, wenn sie auch nur ein Sterbenswörtchen verlauten läßt. Das ist eine Drohung, die bei ihr zieht, denn obwohl sie einen leichten Dachschaden hat, ist es ein schrecklicher Gedanke für sie, in keinem angesehenen Haushalt mehr unterzukommen.«

Deirdre machte eine Pause und holte Luft. Dann fuhr sie fort:

»Hannah sortiert im Augenblick meine sämtlichen alten Kleider aus. Die kannst du alle haben. Einige davon hätte ich dir schon längst gegeben, wenn ich nur daran gedacht hätte. Ich muß unbedingt Platz für meine Aussteuer schaffen, und du kannst mir glauben, meine Kleiderschränke gehen kaum noch zu, so viel Kram hängt dort herum.«

Sie stieß einen kleinen Schrei der Begeisterung aus, als sie hinzufügte:

»O Saska, wenn du wüßtest, wie hinreißend meine Brautkleider sein werden! Jede Frau, die sie sieht, erblaßt vor Neid.«

Saska räusperte sich, ehe sie sagte:

»Aber, Deirdre, wir können das alles nicht tun. Nachher mache ich etwas falsch, und du bist mir ewig böse.«

»Das ist wahr«, gab Deirdre zu. »Wenn du mich bloßstellst, werde ich es dir nie verzeihen. Doch falls du vorsichtig bist, sehe ich keinen Grund zu der Befürchtung, irgend jemand könnte Verdacht schöpfen. Wie ich schon sagte, wir beide sind einander so ähnlich, daß die Leute dich fraglos akzeptieren werden.«

Sie lachte leise und meinte:

»Erinnerst du dich an diesen Lehrer, den wir einmal hatten? Er pflegte immer zu sagen: ›Die Leute sehen das, was sie zu sehen erwarten!‹ Und wenn wir das dann an den Dienern oder an Papa und Mama ausprobierten, stellten wir fest, daß er absolut recht hatte.«

»Ich fürchte, heute ist der Unterschied zwischen uns bedeutend größer geworden.«

»Nein, nein, das meinst du nur«, widersprach Deirdre. »Weißt du, Saska, ich kann nicht glauben, daß du mir nach all den Jahren, die wir gemeinsam verlebten, deine Hilfe verweigerst, obwohl ich dich so inständig darum bitte.«

In Deirdres Stimme war jetzt ein flehender Klang, der Saska zugleich überraschte und anrührte.

Sie spürte, wie sie schwach wurde, und hörte sich fragen:

»Ist … ist der Duke wirklich erblindet?«

»Wenn es nicht so wäre, hätte seine Großmutter

bestimmt keinen Grund gehabt, es Papa zu schreiben. Sie war tatsächlich sehr aufgeregt und voller Sorgen deswegen.«

»Und er wird aufgeregt sein, wenn er herausfindet, daß du ihn getäuscht hast. Liebt er dich nicht sehr?«

»Natürlich tut er das«, antwortete Deirdre. »Er sagte mir, ich sei das schönste Mädchen, das er in seinem Leben gesehen hätte. Andererseits ist er fast dreißig. Er sollte längst einen Sohn und Erben haben.«

»Das klingt alles sehr beängstigend.«

»Beängstigend?« gab Deirdre zurück. »Ich lasse mich von niemandem einschüchtern, egal wer es ist. Aber natürlich ist sich Talbot, so heißt er, seiner Wichtigkeit und Position durchaus bewußt und legt gesteigerten Wert darauf, jemanden zu heiraten, der ihm ebenbürtig ist.«

Deirdre warf sich in die Brust, bevor sie hinzufügte:

»Feststehen dürfte jedenfalls, daß er keine finden wird, die besser geeignet ist, die neue Ducheß von Silchester zu werden, als ich. Stell dir vor, wie ich mich an seiner Tafel machen werde oder bei einem Empfang, geschmückt mit den Silchesterdiamanten!«

»Da hast du recht!« sagte Saska. »Und deshalb meine ich eben...«

»Du solltest dich nicht dranhalten, liebe Saska! Laß es gut sein, und sag ja! Du weißt, du liebst mich, und du weißt auch, daß du mir helfen willst. Also, zier dich nicht länger, und mach mit! Wir haben nämlich noch eine ganze Menge zu tun.«

Saska blickte Deirdre fragend an, und diese erklärte:

»Als erstes müssen wir sehen, ob Hannah die Koffer gepackt hat, die du mitnimmst. Dann müssen wir das Kostüm aussuchen, das du auf der Bahnfahrt trägst. Der erste Eindruck ist immer der wichtigste. Außerdem muß ich dir etwas Geld geben, damit du Trinkgelder geben kannst und etwas für eventuelle Notfälle hast.«

»Du weißt, daß ich noch nie sehr weit verreist bin – und vor allem nicht allein«, sagte Saska mit einem ängstlichen Klang in der Stimme.

»Ich weiß«, erwiderte Deirdre. »Doch wenn Mister Evans dich einmal in den Zug gesetzt hat, brauchst du nichts anderes mehr zu tun, als darin sitzen zu bleiben, bis du da bist.«

Saska ließ einen Seufzer hören.

»Ich bin froh, daß es jemanden gibt, der mich und Emily durch London führt. Nicht auszudenken, ich würde mich in dieser Riesenstadt verirren!«

»Mein liebes Kind, du mußt in Zukunft entschieden selbstsicherer werden«, erklärte Deirdre fest. »Schließlich sind wir mittlerweile erwachsen geworden.«

»Ja, ich weiß. Aber du bist eben schon viel mehr herumgekommen als ich.«

Dann stieß Saska einen entsetzten Schrei aus.

»Mein Gott, was ist mit Papa!«

»Also wirklich!« rief Deirdre vorwurfsvoll. »Muß ich denn an alles denken! Das ist doch nicht schwierig. Du sagst deinem Vater einfach, ich hätte dich eingeladen, mit mir nach Schottland zu fahren. Den Wunsch wird er mir ja wohl nicht abschlagen, daß du mich auf einer so langen Reise begleitest, wo ich mir solche Sorgen um die Gesundheit meines zukünftigen Gatten mache!«

»Nein, das wird er bestimmt nicht.«

»Nun, dann ist das wohl geklärt«, sagte Deirdre.

»Also, setz dir den Hut auf und komm mit nach Hall, damit du einen Blick auf die Kleider wirfst, die ich dir mitgeben werde. Und morgen früh wirst du abfahrbereit auf mich warten. Ich komme im Vikariat vorbei, um dich abzuholen.«

Saska atmete tief.

»Ich kann's nicht fassen, daß ich auf deinen Plan eingegangen bin!«

Dann lachte sie.

»Früher war immer ich es, die die Streiche ausheckte, die uns dann den größten Ärger mit unseren Gouvernanten und Lehrern einbrachten. Nun hat sich das Blatt gewendet. Diesmal bist du es, Deirdre, die sich etwas so Überraschendes und Dramatisches ausgedacht hat, daß ich kaum glauben kann, daß es Wirklichkeit ist.«

»Für mich ist es das, und ich bin fest entschlossen, mich mit Harry zu treffen. Im übrigen kann ich mir nichts Langweiligeres vorstellen, als am Bett eines Mannes zu sitzen, der nicht nur krank sondern auch noch blind ist.«

»Aber er tut dir sicherlich sehr, sehr leid.«

»Das wohl, aber seine närrische alte Großmutter sollte keine Legbüchsen in ihren Wäldern haben und er nicht so dumm sein, hineinzutreten!«

»Ich hoffe, du erwartest nicht, daß ich ihm das sage!«

Saska lächelte schelmisch.

Deirdre lachte.

»Nein, um Himmels willen. Du wirst dich wie ein dienender Engel aufführen. Du wirst ihn trösten und ihm sagen, daß er bald wieder gesund sein wird und daß sein gutes Aussehen durch den Unfall keinen Schaden erlitten hat.«

»Ist das die Art und Weise, wie du mit ihm sprichst?« wollte Saska wissen.

»Gütiger Himmel, nein«, erwiderte Deirdre. »Ich erwarte von den Männern, daß sie mit mir sprechen, und nicht ich mit ihnen. Ich erwarte, daß sie mir immer wieder sagen, wie schön ich bin, wie charmant und natürlich wie anbetungswürdig.«

Ihre langen, dunklen Wimpern berührten zitternd ihre Wangen, als sie hinzufügte:

»Männer mögen es, wenn eine Frau einfältig und scheu ist. Das gibt ihnen ein Gefühl von Größe, Überlegenheit und Männlichkeit. Manchmal hasse ich sie dafür und würde sie am liebsten auslachen wegen ihrer Naivität.«

»Naivität?«

»Ja, weil sie glauben, eine Frau würde ihre Angebereien nicht durchschauen und nicht bemerken, wie eitel und eingebildet sie sind.«

Sie lächelte selbstgefällig, bevor sie fortfuhr:

»Du weißt, Saska, daß du mich früher immer zwingen mußtest, mit dir die Hausaufgaben zu machen. Du warst der Meinung, ich könnte nicht erkennen, wie wichtig es ist, über genügend Grips zu verfügen. Inzwischen habe ich eingesehen, daß du recht hast. Einige der Mädchen, die ich in London traf, sind so dumm, daß sie sich unentwegt blamieren und lächerlich machen.«

Sie reckte stolz das Kinn und sagte:

»Zum Glück bin ich klüger, als du befürchtet hast. Die Art und Weise, wie ich diesen Plan ausgeheckt habe, ist der schlagende Beweis dafür.«

Saska fühlte sich schuldig, als sie sich daran erinnerte, daß sie Deirdre früher tatsächlich für dumm gehalten hatte. Zumindest beim Unterricht war sie keineswegs eine Leuchte gewesen. Sie las auch nie ein Buch, falls es sich vermeiden ließ. Und sie beherrschte keine Sprachen, ausgenommen ein schrecklich holpriges und unelegantes Französisch.

Aber Intelligenz zeigte sich nicht nur auf dem Gebiet des Schulwissens. Intelligenz zeigte sich auch, wenn ein Mensch imstande war, Scharfsinn zu entwickeln in den Dingen des praktischen Lebens, wenn es darum ging, aus jeder Situation das Beste zu machen.

Daß Deirdre über eine erstaunliche Menge praktischen Verstandes verfügte, erkannte Saska, wenn sie sich vor Augen führte, wie geschickt die Cousine diesen Plot entwickelt hatte – einfach weil sie entschlossen war, zu Lord Gerards Party zu gehen und nicht zum Duke zu fahren, den sie in Kürze heiraten wollte.

Es ist unfein, so zu denken, sagte sich Saska.

Doch gleichzeitig wußte sie, daß sie mit ihren Gedanken genau das Richtige traf.

Deirdre sprang auf die Füße.

»Komm, Saska«, sagte sie. »Es ist keine Zeit mehr zu verlieren. Die Kutsche wartet draußen. Hinterlasse deiner Nanny eine Nachricht, daß du mit mir zu Mittag speist. Was deinen Vater betrifft, hast du heute abend noch Zeit genug, ihm alles zu erklären.«

»Ja, natürlich.«

Deirdre verließ den Wohnraum und durchquerte die Halle, während Saska die Treppe hinaufeilte, um sich ihren Hut zu holen. Er war die einzige vorzeigbare Kopfbedeckung, die sie besaß. Aber er war bereits zwei Jahre alt und mehrfach geändert.

Als Saska den Hut aufsetzte, dachte sie unwillkürlich, wie armselig sie neben Deirdre in ihrem pinkfarbenen Kleid und dem blumengeschmückten Hut aussehen würde.

Doch dann fiel ihr ein, daß dies bald schon anders sein würde, denn im großen Haus wartete ein ganzer Koffer voller herrlicher Garderobe auf sie.

»Ich werde glücklich mit all den Kleidern sein«, murmelte sie vor sich hin, während sie die Treppe hinunterstieg. »Aber vielleicht ist es ein großer Fehler von mir, mich auf diese Maskerade einzulassen!«

Doch ihr blieb keine Wahl.

Deirdre hatte ihren Entschluß gefaßt, und wenn sie, Saska, sich ihr widersetzte, konnte sie sicher sein, daß sie damit nicht nur neue Verstimmungen heraufbeschwor, sondern auch mit Vergeltungsmaßnahmen irgendwelcher Art rechnen mußte, die sich auch auf ihren Vater erstrecken würden.

Zwischen dem Vikar und dem Marquis gab es viele Schwierigkeiten und Streitpunkte. Schon oft hatte Saska befürchtet, daß ihr Vater sich um Kopf und Kragen brachte, wenn er für die Belange der ihm anvertrauten Menschen eintrat und dabei dem Marquis gehörig in die Quere kam.

Dem Herrn von Langworth Hall würde es ein leichtes sein, seinen Einfluß beim Bischof geltend zu machen und Reverend Mervyn Waverley zum Schwarzen Schaf zu stempeln und seine Versetzung zu erreichen.

Saska schwor sich, daß dies niemals geschehen dürfe. Gleichzeitig war sie klug genug, zu wissen, daß es passieren konnte, was zur Folge hätte, daß ihre wohlgeborgene, sichere kleine Welt über Nacht in Trümmer ging.

Oft genug hatte Saska sich klargemacht, daß es nach dem Tod der Mutter ihre Aufgabe war, für ihren Vater zu sorgen und für ihn dazusein.

Doch sie wußte, wie direkt und furchtlos er war, wenn es um Wohl und Wehe seiner Pfarrkinder ging. Er nahm dann niemandem gegenüber ein Blatt vor den Mund, und Saska mußte ihn oft genug besänftigen, damit er nicht übers Ziel hinausschoß.

Während sie in der Küche eine Nachricht für Nanny schrieb, ertappte sie sich dabei, wie sie sich in Gedanken mit einer inständigen Bitte an die tote Mutter wandte.

»Ich weiß, du kannst das, was ich tue, nicht gutheißen, Mama«, flüstere sie. »Aber ich sehe keinen anderen Ausweg aus diesem Dilemma. Bitte, bitte, hilf mir! Sorge dafür, daß niemand mich als Schwindlerin entlarvt.«

2

Als der Zug auf dem nächsten Bahnhof hielt, sprang Deirdre auf den Bahnsteig, noch bevor die Wagen völlig zum Stillstand gekommen waren. An eine Verabschiedung von Saska dachte sie nicht. Sie hatte nur Augen für einen elegant gekleideten, sehr gut aussehenden jungen Mann, dem sie sich jubelnd in die Arme warf.

Nachdem der Zug sich wieder in Bewegung gesetzt hatte, wurde sich Saska jäh bewußt, daß sie im Begriff war, allein ein völlig wahnwitziges Abenteuer anzutreten.

Seit dem Augenblick, da Deirdre ihr die Zustimmung abgerungen hatte, an ihrer Stelle nach Schottland zu reisen und den Platz beim Duke einzunehmen, war sie sich vorgekommen, als lebte sie in einem Traum, aus dem sie im nächsten Moment erwachen würde.

Sie waren nach Langworth Hall gefahren, und als Saska die Kleider sah, die Hannah für sie in zwei große Koffer packte, vermochte sie kaum zu begreifen, daß sie ihr gehören sollten.

»Aber das ist doch zuviel!« hatte sie aufgeregt gerufen.

»Ich habe keine Verwendung mehr dafür«, erwiderte Deirdre. »Und außerdem klagt Hannah schon seit langem darüber, daß in den Kleiderschränken kein Platz mehr ist.«

»Das ist wahr, M'lady«, stimmte Hannah ihr zu. »Und ich bin ganz sicher, daß Miß Saska alles gut gebrauchen kann.«

Sie streifte das Kleid, das Saska trug, mit einem verächtlichen Blick. Und als würde Deirdre die Gedanken ihrer Zofe lesen, sagte sie:

»Was wir jetzt vor allem tun sollten, Hannah, ist, die Sachen auszusuchen, die Miß Saska auf der Reise trägt. Wie ich dir schon gesagt habe, Saska, ist der erste Eindruck immer der entscheidende.«

Hannah kniff die Lippen zusammen, und Saska hatte das sichere Gefühl, die Zofe mißbilligte die Idee, daß sie an Deirdres Stelle nach Schottland reiste.

Sie hatte Verständnis für die Meinung des Mädchens, denn sie selbst hatte ja auch ein ganz ungutes Gefühl dabei. Sie wurde die Angst nicht los, einen schlimmen Fehler zu machen, der katastrophale Folgen nach sich ziehen konnte.

Doch sie wußte, daß es sinnlos war, Deirdre von ihrem einmal gefaßten Plan abzubringen. Sie erinnerte sich daran, daß die Cousine früher schon von einer beispiellosen Hartnäckigkeit gewesen war. Hatte sie sich einmal etwas in den Kopf gesetzt, vermochte keine Macht der Welt sie daran zu hindern, die Verwirklichung durchzusetzen.

Es folgte eine lange Diskussion zwischen Deirdre und Hannah, in die sich Saska nicht einmischte. Schließlich entschieden sich die beiden für ein hyazinthblaues Reisekostüm mit einem passenden Umhang, was Saska vorzüglich stand.

Die Krinoline hatte in den letzten Jahren einen derartigen Umfang angenommen, daß Saska lachend meinte:

»Ein Glück, daß ich nur einen sehr kleinen Reifrock tragen kann. Andernfalls hätte ich meine liebe Not, noch einmal ins Vikariat hineinzukommen. So breit sind die Türen dort nämlich nicht.«

Die Schachteln für Deirdres Krinolinen besaßen enorme Ausmaße, und es war für Saska ein weiteres Problem, daß sie vielleicht nicht in der Lage sein könnte, dieser Ungetüme von Kleidungsstücken Herr zu werden.

In den Zeitungen und Magazinen sah man zahlreiche Karikaturen von Frauen, die fortgeweht wurden und durch die Lüfte schwebten, weil der Wind unter ihre Reifröcke gefahren war. Andere Bilder boten einen sehr unschicklichen Anblick, weil die Damen sich zu stark vorgebeugt hatten und die hinten hochstehenden steifen Röcke zu viel Bein freigaben.

Doch Saska schwieg. Sie war sich bewußt, jedes Wort, das sie sagte, würde nur Deirdres Mißfallen erregen. Und so nahm sie das herrliche Reisekostüm und alles, was dazugehörte, dankbar in Empfang: Da waren ein Hut mit kleinen Straußenfedern, Lederhandschuhe, eine Handtasche und ein Paar sehr eleganter Schuhe, die ihr zum Glück paßten, da sie die gleiche Schuhgröße wie Deirdre hatte.

Saska war ein wenig schlanker in der Taille, was den leisen Unmut ihrer Cousine hervorrief. Doch Hannah meinte, das sei kein Problem für die Schneiderin. Nur würde es eben Abend werden, bis diese alle Änderungen erledigt habe und die Koffer zum Vikariat geschafft werden könnten.

»Ich kann ja auch etwas tun«, meinte Saska. »Nanny würde mir bestimmt dabei helfen.«

Sie dachte, daß Nanny sicher sehr erstaunt sein würde über Deirdres unerwartete Großzügigkeit, denn sie hatte oft genug gesagt:

»Ich verstehe nicht, weshalb Ihre Ladyschaft nicht wenigstens so großzügig ist und dir gelegentlich ihre abgelegten Kleider rüberschickt. Aber was rege ich mich auf, sie war ja schon eine Egoistin, als sie in der Wiege lag.«

»Ich vermute, sie ist so beschäftigt, Nanny, daß sie gar nicht die Zeit fand, an mich zu denken«, erwiderte Saska.

Nanny war mit dieser sanften Antwort nicht zufrieden gewesen.

Als nun die Koffer, zusammen mit vier Hutschachteln und einem kostspielig ausgestatteten Reisenecessaire im Vikariat eintrafen, sagte Nanny nach einem abschätzenden Blick:

»Nun, irgendwas muß Ihre Ladyschaft doch im Schilde führen, wenn sie plötzlich so freigebig ist!«

Saska wußte, daß sie sich auf dünnem Eis bewegte, und sagte rasch:

»Ich verstehe nicht, warum du glaubst, daß Lady Deirdre etwas im Schilde führt, Nanny. Schließlich haben wir doch immer alles miteinander geteilt, seit wir Kinder waren.«

»Davon hab' ich allerdings in den letzten Jahren wenig gemerkt, seitdem Ihre Ladyschaft nach London ging und dort Furore machte«, brummte Nanny.

Da ihre Behauptung der Wahrheit entsprach, gab Saska keine Antwort.

Ihr Vater nahm die Nachricht, daß sie mit Deirdre

nach Schottland reiste, wie erwartet mit Freuden auf. Er war glücklich, daß seine Tochter einmal eine Abwechslung hatte.

»Ich verstehe gut, daß Deirdre die lange Reise nicht allein machen möchte, Liebling«, sagte er. »Und es tut mir sehr leid, zu hören, daß der Duke einen Unfall erlitten hat. Er ist ein großer Pferdesportler.«

»Du hast seinen Namen nie zuvor erwähnt, Papa.«

Der Vikar lächelte.

»Mein Interesse an den griechischen Göttern ist eben größer als an englischen Herzögen. Andererseits gewann Silchesters Pferd das Derby im vergangenen Jahr. Und da eine Reihe meiner Pfarrkinder ihr Geld auf ihn setzten, war ich dankbar dafür, daß er sich den Sieg holte.«

Saska lächelte und ergänzte seine Rede:

»Denn sonst wäre die Sonntagskollekte enttäuschend schlecht ausgefallen, nicht wahr?«

»Natürlich«, gab ihr Vater zu. »Wenn die Leute das haben, was sie Pech nennen, machen sie gewöhnlich die Unwirksamkeit ihrer Gebete dafür verantwortlich, und nicht die eigene Dummheit.«

»Ich werde nicht lange fortbleiben, Papa«, sagte Saska dankbar.

Deirdre hatte ihr erklärt, daß sie sich genau eine Woche in Schottland aufzuhalten habe. Dann mußte sie einen Zug nehmen, der so in London eintraf, daß sie sich wieder an dem Bahnhof treffen konnten, an dem sie sich getrennt hatten, um anschließend gemeinsam wieder in Little Langworth einzutreffen.

»Erzählst du deinem Vater und deiner Mutter, daß ich mit dir fahre?« fragte Saska.

»Nein, natürlich nicht. Papa könnte es in einem

Brief an die Herzoginwitwe erwähnen, und die Folgen wären nicht auszudenken. Nein, die einzige Person, die diese Geschichte kennt, ist dein Vater – und natürlich Harry. Ich muß dich übrigens beim Vikariat absetzen, ohne mit ins Haus zu kommen, denn dein Vater könnte uns verfängliche Fragen stellen.«

Saska war Deirdre dankbar, daß sie nicht von ihr verlangte, den Vater noch mehr zu belügen.

Es war so schon schlimm genug für sie.

Wenn er die Wahrheit gekannt hätte, würde er ihr seine Zustimmung für die Reise mit Sicherheit verweigert haben. In seinen Augen wäre das, was sie beide vorhatten, sicher eine Sünde gewesen, und er hätte es Saska zweifellos verboten, in die Rolle der Cousine zu schlüpfen.

In der Nacht vor der Abreise hatte Saska keinen Schlaf gefunden. Sie machte sich Vorwürfe und wünschte, sie hätte die Kraft aufgebracht, Deirdres Bitte rundweg abzuschlagen.

Doch als sie dann endlich allein mit Emily im Zug saß, begann sie die Fahrt zu genießen. Eine nie gekannte Erregung erfaßte sie, denn alles war so völlig anders als das, was sie bisher erlebt und getan hatte.

Der reservierte Wagen war wie ein kleines Haus, das sie ganz für sich allein hatten. Saska wußte, daß Emily Angst vor der Bahnfahrt hatte. Sie saß verkrampft am Fenster und starrte auf die vorbeifliegende Landschaft. Sie schien jeden Augenblick mit einem Zusammenprall oder dem Entgleisen des Zuges zu rechnen.

Wie Deirdre gesagt hatte: Sie war ein etwas einfältiges Mädchen, das jahrelang im Großen Haus die niedrigsten Arbeiten verrichtet hatte, bis sie schließlich zu Hannahs Gehilfin aufgestiegen war.

Ihre Aufgabe war es, zu tun, was Hannah ihr auftrug, und dies schloß all die unangenehmen Arbeiten ein, die eine ältere Zofe selbst nicht mehr verrichten will.

In ihrem schwarzen Kleid sah Emily recht annehmbar aus. Dazu trug sie ein großes Schultertuch, dunkle Leinenhandschuhe und ordentliche Lederschuhe mit dicken Sohlen.

»Wir haben eine lange Reise vor uns«, sagte Saska, die dachte, sie sollte mit dem Mädchen reden, jetzt, da sie allein waren.

»Ja, Miß.«

»Wir werden nicht vor morgen nachmittag auf dem Schloß eintreffen. Es wird sicher sehr interessant sein, die Landschaft zu betrachten, durch die wir fahren.«

»Ja, Miß.«

Saska sagte sich, daß es nicht viel Sinn habe, die Unterhaltung fortzusetzen, und schaute wie Emily durch das Fenster in die Landschaft hinaus.

Dabei dachte sie an Deirdre und an die Erregung, die diese erfaßt hatte, als der Zug in den Bahnhof einlief, wo sie sich mit Lord Gerard treffen wollte.

Weshalb bringt sie nicht den Mut auf, den Mann zu heiraten, den sie liebt? fragte sie sich. Schließlich ist Lord Gerard kein »Hungerleider von Kurat«, wie Papa es war!

Saska vermutete, daß Lord Gerard Deirdre sehr lieben mußte, wenn er ihretwegen so viele Unannehmlichkeiten auf sich nahm.

Aber was konnte er sonst tun! Schließlich war Deirdre eine außergewöhnlich schöne Frau.

Ja, schön war Deirdre ohne Zweifel. Aber wenn Saska ehrlich war, mußte sie zugeben, daß sie gleichzeitig auch sehr selbstsüchtig war, völlig anders als ihre, Saskas Mutter, die ihren Mann anbetete und der selbst Entbehrungen, die sie auf sich nehmen mußte, nichts ausmachten, weil sie so glücklich mit ihm war.

Das Vikariat schien stets vom Lachen der Mutter erfüllt gewesen zu sein. Lady Margaret hatte mit der Liebe, die sie in sich trug, ansteckend gewirkt. Sie hatte sie auf alle übertragen, die mit ihr in Berührung gekommen waren.

Als sie starb, hatten die Dorfbewohner um sie getrauert wie um eine nahe Verwandte.

Bei der Beerdigung war Saska überrascht gewesen, Menschen aus allen Teilen der Grafschaft zu sehen. Einem jeden von ihnen hatte Lady Margaret schon einmal geholfen, und keiner war jemals ohne guten Rat und Trost von ihr gegangen.

Es waren Vertreter fast aller großen Familien des Landes zugegen gewesen, denn ihre Mutter war eine Schwester des Marquis von Langworth. Doch Saska wußte, es waren vor allem die armen, einfachen Leute, die um ihre Mutter trauerten, da diese eine Lücke in ihrem Leben hinterließ, die niemand sonst auszufüllen vermochte.

Eines stand für Saska fest: Um die gegenwärtige Marchioneß würde niemand auf diese Weise trauern. Und obwohl sie es nicht wollte, mußte sie denken, daß Deirdre, sollte sie tatsächlich die Ducheß von Silchester werden, nur freundlich und liebenswürdig zu ihresgleichen sein würde. Den einfachen Menschen, die auf den ausgedehnten Besitzungen des Duke lebten, würde sie niemals Beachtung schenken.

Ihr Vater hatte immer gesagt, das Wichtigste, was der Mensch verschenken könne, sei er selbst.

Und dies war genau das, was Saska gern tun würde, sollte es einmal die Möglichkeit einer Heirat für sie geben. Wenn der Mann, den sie heiratete, für viele Menschen verantwortlich war, wollte sie sich ihnen gegenüber stets so verhalten, daß alle ehrlich und aufrichtig um sie trauerten, wenn sie einmal starb.

Ein Lächeln stahl sich auf Saskas Züge.

Dies war nun wirklich nicht der passende Augenblick, an den Tod zu denken.

Zum ersten Mal in ihrem ruhig dahinfließenden Leben geschah etwas, und sie genoß es in vollen Zügen. Auch dann, wenn sie dabei unablässig ihr Gewissen plagte.

Endlich sehe ich einmal ein Stück von der Welt außerhalb von Little Langworth, dachte sie. Mein Gott, eigentlich hatte ich mit einer solchen Möglichkeit schon gar nicht mehr gerechnet.

Hall lag nicht weit von London, und da der Zug sehr schnell war und nur an drei Stationen hielt, erreichten sie Paddington kurz vor elf Uhr morgens.

Im ersten Moment überkam Saska beim Anblick des Menschengedränges auf den Bahnsteigen, dem Lärm der fauchenden Lokomotiven und dem Geschrei der Gepäckträger ein Gefühl der Panik.

Dann kam ein Schaffner und öffnete die Wagentür. Hinter ihm tauchte ein hagerer, gelehrt wirkender Mann mit einer dicken Brille auf der Nase auf, den Saska sofort für Mr. Evans hielt.

»Guten Morgen, Eure Ladyschaft«, sagte er. »Der Zug ist pünktlich auf die Minute, was völlig ungewöhnlich ist.«

»Danke, daß Sie mich abholen«, antwortete Saska und reichte ihm die Hand.

Da Mr. Evans sehr überrascht wirkte, sagte sich Saska, daß sie sich ihm gegenüber vielleicht etwas förmlicher verhalten sollte.

Ein Dienstmann bemächtigte sich ihres Handgepäcks, zu dem auch das teure Necessaire gehörte, das Deirdre ihr geschenkt hatte.

»Das kannst du doch nicht tun«, hatte Saska ausgerufen, als Deirdre es ihr übergab. »Weißt du was, du leihst es mir nur aus. Wenn ich zurück bin, gebe ich es dir wieder.«

»Ich hab' keine Verwendung mehr dafür«, entgegnete Deirdre hochmütig. »Die Bürsten und Kämme sind nur mit Silber eingefaßt, und Papa schenkte mir zu Weihnachten ein Necessaire, bei dem sämtliche Fassungen aus Gold sind. Ich wollte dieses schon wegwerfen, aber es ist doch besser, wenn du es nimmst.«

»Danke, vielen, vielen Dank.«

Unwillkürlich mußte Saska daran denken, daß sie im Vikariat für den Betrag, den das goldene Reisenecessaire gekostet hatte, ein ganzes Jahr lang in Saus und Braus hätten leben können.

Dann sagte sie sich, daß solche Vergleiche lächerlich seien und sie ihrer Cousine dankbar sein mußte, daß sie wie eine Zauberin aus dem Märchen ihren Zauberstab schwang und sie mit Dingen beschenkte, die zu wünschen sie in ihren kühnsten Träumen nie gewagt hätte.

Das Bild mit der guten Fee und ihrem Zauberstab entsprach um so mehr der Wirklichkeit, je mehr Saska an all die anderen herrlichen Dinge dachte, die Deirdre ihr überlassen hatte.

Da waren Schirme und Taschen, Glacéhandschuhe, Hüte, eine Fülle von eleganten Schuhen und Pantoletten und so viele andere Dinge, daß Saska der Meinung war, ein ganzes Leben zu brauchen, um alles aufzutragen.

»Ich bin mit zwei Wagen gekommen, die vor dem Bahnhof auf Sie warten, Mylady«, sagte Mr. Evans, als Saska das Abteil verließ und auf die Plattform hinaustrat. »Ich dachte mir, Sie und Ihre Zofe könnten den einen benutzen, und ich würde in dem anderen mit dem Gepäck folgen.«

»Danke, das ist sehr freundlich.«

Die Wagen waren sehr prunkvoll und trugen das Wappen ihres Onkels.

Saska verspürte eine starke Unruhe, als sie daran dachte, die Kutscher oder die Diener, die Deirdre doch gewiß kannten, würden die Maskerade durchschauen und feststellen, daß dies unmöglich ihre junge Mistreß war. Aber nichts geschah. Sie griffen nur respektvoll an die mit einer Kokarde geschmückten Zylinder, und Saska wußte, während sie die Kutsche bestieg, daß die Männer sie keines zweiten Blickes mehr würdigten.

Der Weg führte sie quer durch London zum Kings Cross, wo der Schottland-Expreß abfuhr, der die Station punkt halb eins verlassen würde.

Während sie durch die belebten Straßen fuhren, dachte Saska, daß es sehr clever von Lord Gerard gewesen war, zwei Züge auszusuchen, deren Ankunfts- und Abfahrtszeiten so nahe beieinander lagen.

Der Kings-Cross-Bahnhof kam Saska vor wie ein Hexenkessel aus Zügen, Menschen und Gepäckstücken. Schaffner bliesen auf Signalpfeifen und schwenkten rote Kellen. Loks ließen Dampf ab und stießen Wolken aus dunklem Rauch in die Luft.

Mr. Evans hatte einen Wagen Erster Klasse für sie reserviert und setzte Saska in Kenntnis, er habe Vorkehrungen getroffen, daß ihnen bei jeder Station ein Imbißkorb gebracht werde und daß er bereits einen Korb in den Wagen habe schaffen lassen, der ihr Luncheon enthalte.

Da sie außerdem die Nacht im Zug verbringen mußten, habe er für genügend Decken und Kissen gesorgt.

Mr. Evans überreichte Saska auch eine Liste der Bahnhöfe, an denen der Zug hielt, so daß sie und Emily, falls sie Lust dazu hätten, aussteigen und sich auf dem Bahnsteig ein wenig Bewegung verschaffen könnten.

Für jede Station waren sorgfältig die Ankunfts- und Abfahrtszeiten aufgeführt, und Saska dachte, daß sich niemand zuverlässiger und besser um ihre Bequemlichkeit hätte kümmern können als Mr. Evans.

Er verschwand danach und kam kurze Zeit später mit einem Stoß Zeitungen und Illustrierten zurück.

»Das ist sehr liebenswürdig von Ihnen«, sagte Saska. »Aber ist das nicht etwas übertrieben?«

Mr. Evans machte einen konsternierten Eindruck, und jäh wurde Saska bewußt, daß sie nicht wie Deirdre gesprochen hatte. Rasch setzte sie hinzu:

»Oh, ich vergaß ganz, wie lange die Fahrt dauern wird. Es ist also genügend Zeit vorhanden, um alles von vorne bis hinten zu lesen.«

Dann kam ihr eine Idee, und sie sagte:

»Ich überlege eben, ob Sie wohl so nett wären, mir

einige Sportzeitungen zu kaufen, Mister Evans. Ich möchte gerne wissen, welche Pferde in Epsom gewonnen haben.«

Ein Ausdruck des Verstehens glitt über Mr. Evans Gesicht. Saska war sicher, daß er genau wie alle anderen Bediensteten auf Langworth Hall über die Verlobung Deirdres mit dem Duke von Silchester längst Bescheid wußte.

Ohne ein Wort zu äußern, eilte er ein zweites Mal zum Zeitungskiosk. Er kehrte mit drei Sportzeitungen zurück, die Saska auch schon einmal im Studierzimmer ihres Vaters gesehen hatte.

Sie dankte Mr. Evans und reichte ihm erneut die Hand.

Dann wurde die Tür des Abteils geschlossen, und der Zug setzte sich in Bewegung.

Mr. Evans trat einige Schritte zurück und verbeugte sich, während Saska ihm zum Abschied winkte. Sie war sich darüber im klaren, daß Deirdre dies gewiß nicht getan hätte, aber es war ganz offenkundig, daß er sich sehr darüber freute.

Sie ließen den Bahnhof hinter sich, und die lange Reise, die erst in Schottland enden würde, nahm ihren Anfang.

Es war tatsächlich eine sehr lange Reise, doch Saska genoß jede Minute.

Die Eßkörbe, die ihnen bei jeder Station gebracht wurden, machten alle Mahlzeiten zu einem Picknick. Und obwohl Saska nicht viel aß, wußte Emily jede der vorgesetzten Speisen ausgiebig zu würdigen.

In Crewe stiegen sie aus, weil Saska den Bahnhof sehen wollte. Dabei entging ihr nicht, daß sich Emily in höchster Aufregung befand, da sie fürchtete, der Zug würde ohne sie weiterfahren.

Als es Abend wurde, schuf sich Saska mit Hilfe der Kissen und Decken ein Ruhelager. Sie nahm den Hut vom Kopf und verstaute ihn vorsichtig im Gepäcknetz. Dann legte sie sich hin – was sich als äußerst schwierig erwies. Die Krinoline war so riesig, daß es aussah, als läge sie unter einem Berg aus Stoff begraben.

Zuerst konnte sich Emily nicht entschließen, Saskas Beispiel zu folgen.

»Ich glaube, es ist besser sitzen zu bleiben, Miß, für den Fall, daß wir mit einem anderen Zug zusammenstoßen.«

»Aber Emily, wenn das wirklich passieren sollte, wie willst du das dadurch verhindern, daß du sitzen bleibst. Sei nicht albern! Nutze die Gelegenheit, etwas zu schlafen, und zieh Hut und Schal aus, damit du es bequemer hast.«

Emily ließ sich endlich überreden, Saskas Vorschlag zu befolgen. Und nachdem sie einmal davon überzeugt war, daß der Zug nicht aus den Schienen springen würde, schlief sie ein, während es Saska war, die keinen Schlaf fand und an all das dachte, was vor ihr lag.

*

Als sie am folgenden Tag gegen Mittag die schottische Grenze passierten, überkam Saska ein großartiges Gefühl.

»Immer schon habe ich mir gewünscht, Schottland zu sehen, Emily«, sagte sie aufgeregt. »Stell dir vor, wir sind jetzt im Land der Hochmoore und des Heidekrauts. In dem Land, wo die Gentlemen Moorhühner schießen und keine Fasane und wo die Flüsse voller Salme sind.«

»Sieht ein bißchen einsam aus, Miß«, meinte Emily, während sie aus dem Fenster starrte. Aber Saska hörte nicht hin.

»Es ist das Land, das große Politiker hervorbrachte, Erfinder und Pioniere, welche die ganze Welt bereist haben«, sagte sie. »Und nicht zu vergessen Robert I., König von Schottland, Wallace und Bonny Prince Charlie!«

Sie sprach laut zu sich selbst, sie wußte, daß Emily sie nicht verstehen würde.

Alles war so wundervoll, so romantisch für sie, und sie bedauerte nur, daß es nicht später im Jahr war, wenn das Heidekraut blühte und man die Moorhühner sah, wie sie über den Himmel flogen.

Dennoch war die Landschaft bezaubernd mit ihren Seen und den hohen Bergen.

In der Tat, Schottland war genauso, wie sie es sich immer vorgestellt hatte.

Der Fahrplan, den Mr. Evans so sorgfältig für sie notiert hatte, zeigte Saska, daß sie die Bahnstation für Strathconna Castle um drei Uhr am Nachmittag erreichen sollten.

Doch der Zug hatte Verspätung. Es war bereits vier, als er schließlich an dem kleinen Bahnsteig zum Halten kam, auf dem Saska einige Leute stehen sah. Einer von ihnen trug einen Kilt.

»Wir werden von einem Mann im Kilt abgeholt«, teilte sie Emily aufgeregt mit. Doch das Mädchen war dabei, sich die schwarzen Leinenhandschuhe anzuziehen, und erwiderte nur:

»Es ist komisch, Miß, sich einen Mann in Röcken vorzustellen.«

Saska ließ ein leises Lachen hören.

Dann wurde die Tür geöffnet, und der Mann im Kilt, der zudem noch einen feuerroten Bart besaß, half ihr beim Aussteigen.

Neben ihm tauchte noch ein anderer Mann auf, der eine Melone trug. Saska hielt ihn für den dienstältesten Diener.

Man hieß sie in Schottland willkommen und geleitete sie zu zwei Kutschen, die vor dem kleinen Stationsgebäude warteten. Jede von ihnen wurde von vier Pferden gezogen.

Diesmal sollte Saska allein in der ersten Kutsche Platz nehmen, während Emily mit den beiden Dienern und dem Gepäck die zweite Kutsche benutzte.

Die Pferde fielen sofort in eine schnelle Gangart. Saska beugte sich vor, um so viel wie möglich von der Landschaft zu sehen, die gekennzeichnet war durch Gruppen dunkler Fichten und silberne Bäche, die das Moor wie ein feines Netzwerk durchzogen.

»Es ist wundervoll!« flüsterte sie und nahm sich vor, sich jede Einzelheit einzuprägen, um ihrem Vater davon zu berichten.

Es war fast sechs, als sie Strathconna Castle vor sich aufragen sah.

Es war genauso, wie sie sich eine schottische Burg immer vorgestellt hatte. Hoch an einem Berg gelegen, die Türme in den Himmel gereckt und zu ihren Füßen ein breiter Fluß, der bestimmt voller Salme war.

Sie dachte, daß dies der Grund sein mußte, weshalb der Duke zu dieser Jahreszeit in den Norden reiste, denn die Jagd war ja bis zum Herbst geschlossen.

Im Augenblick brütete das Moorhuhn. Die Legbüchse, durch die er verletzt wurde, war wohl für die Wildkatzen aufgestellt worden, die am Tag bis zu fünfundzwanzig Moorhühner erbeuteten und in ganz Schottland den Vogelbestand bedrohten.

Trotz allem sind Legbüchsen eine Tierquälerei, dachte sie. Der Unfall des Duke sollte den Leuten in der Umgebung die Augen öffnen und sie davon abhalten, derartige Fanginstrumente zu benutzen.

Sie erreichten die Burg, und weil Saska, von dem Bauwerk vor der dunkelgrünen Tannenkulisse und der Fahne auf dem Turm, die im Wind wehte, so beeindruckt war, vergaß sie minutenlang, was sie hier erwartete.

Die Pferde trabten durch das große schmiedeeiserne Tor, das von zwei Gebäuden flankiert war, die kleinen Miniaturburgen glichen. Eine lange Auffahrt führte geradewegs auf das Portal zu.

In diesem Augenblick überfiel Saska die Angst.

Was war, wenn der Duke sofort erkannte, daß sie nicht das Mädchen war, das er heiraten wollte?

Was, wenn er sie deswegen tadelte und mit dem nächsten Zug nach Hause schickte?

Sie würde sich dann sofort mit Deirdre in Verbindung setzen und ihr das Geschehene mitteilen müssen.

Saska konnte sich die Verärgerung der Cousine sehr gut vorstellen. Deirdre würde sie mit einer Flut von Beschimpfungen überfallen, weil sie so dumm gewesen war, sich zu verraten.

»Bitte, lieber Gott, laß ihn nicht erkennen, daß ich nicht Deirdre bin!« flehte sie leise.

Sie hatte die Worte kaum ausgesprochen, als die Kutsche anhielt.

Vor sich sah sie eine gewaltige, mit Kupfer beschlagene Tür. Auf dem Treppenpodest davor standen zwei Diener in Kilts, die im gleichen Muster gewebt waren wie die der Männer, die sie am Bahnhof abgeholt hatten.

Der Wagenschlag wurde geöffnet, und während ihr Herz Purzelbäume schlug und wie ein Dutzend Schmetterlinge in ihrer Brust flatterte, stieg Saska aus.

»Willkommen auf Strathconna Castle«, sagte einer der Diener mit breitem schottischem Akzent.

»Danke«, erwiderte Saska scheu. »Ich freue mich, hier zu sein.«

Der Diener, den sie für den Butler hielt, betrat vor ihr die geräumige Halle, deren Wände mit einer Unzahl von Hirschgeweihen geschmückt war.

An ihnen vorbei stieg Saska die breite Treppe hinauf, die zum ersten Stock führte.

Vage erinnerte sie sich, daß entweder ihre Mutter oder ihr Vater einmal gesagt hatte, daß die Haupträume in den schottischen Schlössern immer im ersten Stock lägen. An den Grund hierfür erinnerte sie sich nicht mehr.

Als sie den breiten Treppenabsatz erreichten, wurde die doppelflügelige Tür von einem Diener im Kilt aufgestoßen.

»Lady Deirdre, Euer Gnaden!« rief er laut.

Sekundenlang wurde Saska von einer derartigen Angst erfaßt, daß sie nichts sah als drei große Fenster, durch die die Nachmittagssonne in den Raum flutete.

Dann erkannte sie am anderen Ende eine ältere Frau mit weißem Haar, die sich aus dem Sessel erhob, in dem sie gesessen hatte.

Sie ging auf die dunkelgekleidete Gestalt zu und

stellte fest, daß die Herzoginwitwe schon sehr betagt war. Dennoch sah man den feinen, edlen Zügen an, daß ihre Trägerin in ihrer Jugend einmal ungewöhnlich schön gewesen sein mußte.

Ein sanfter, liebevoller Ausdruck verklärte das Gesicht der Greisin, und Saska fühlte sich auf unerklärliche Weise an ihre Mutter erinnert.

»Wie nett, daß Sie gekommen sind«, sagte die Ducheß, als Saska bei ihr angelangt war und vor ihr knickste. »Ich bin so froh, Sie kennenzulernen. Ich weiß, Talbot wird sehr glücklich darüber sein, Sie hier zu haben.«

»Es war sehr freundlich von Ihnen, mich einzuladen«, sagte Saska. »Wie geht es – Seiner Gnaden?«

Sie wußte, daß dies die erste Frage war, die sie stellen mußte, war jedoch unsicher, wie sie den Duke nennen sollte, da er und Deirdre ja noch nicht offiziell verlobt waren.

»Ich werde Ihnen viel über ihn zu erzählen haben«, erwiderte die Dowager Ducheß. »Aber ich weiß, daß Sie sich zunächst ein wenig frisch machen und Ihren Tee trinken möchten. Und sicherlich würden Sie sich auch gern umziehen, nicht wahr?«

Sie ließ ein leises Lachen hören.

»Ich weiß, wie unangenehm man sich nach einer langen Reise fühlt. Jedenfalls war ich immer überanstrengt, wenn ich in den Süden gefahren bin.«

»Für mich war alles sehr aufregend und interessant«, antwortete Saska, »denn ich war noch nie im Norden von England, geschweige denn in Schottland.«

Während sie sprach, hoffte sie, keinen Fehler zu machen, da Deirdre unter Umständen sogar schon bis nach Schottland gekommen war. Aber dann beruhigte sie sich bei dem Gedanken, daß dies im Dorf bekannt gewesen und auch bis zu ihr durchgedrungen wäre.

»Dann ist dies eine Erfahrung, die Sie bestimmt noch oft machen werden«, erwiderte die Ducheß, »denn Talbot kommt jedes Jahr zum Salmfischen zu mir.«

Saska freute sich, daß sie recht hatte mit der Annahme, daß der Duke des Fischens wegen in Schottland weilte.

Die Ducheß geleitete sie aus dem Zimmer. Sie gingen einen langen Flur entlang, der mit einem schottischen Wollteppich ausgelegt war, zu einem Schlafzimmer, das im selben Stockwerk lag wie der Wohnraum.

Außer einem riesigen Himmelbett sah Saska einen offenen Kamin, in dem einige Holzscheite brannten.

Prüfend blickte die Ducheß zum Kamin hinüber, dann sagte sie:

»Jeder, der so weit in den Norden kommt, fürchtet, er würde hier frieren. Deshalb habe ich Anweisung gegeben, in Ihrem Schlafzimmer Feuer zu machen, meine Liebe.«

»Das war sehr lieb von Ihnen!« rief Saska dankbar. »Welch ein wundervoller Raum!«

Während sie noch sprach, blickte sie zum Fenster hinaus und stellte fest, daß man von ihrem Schlafzimmer denselben Blick hatte wie vom Salon aus. So weit das Auge reichte, erstreckte sich das Moor, und direkt unter dem Schloß lag ein dunkler See.

»Der See ist der Loch Conna«, sagte die Ducheß. »Während Ihres Hierseins muß ich Ihnen einige Legenden erzählen, die Sie sicher interessieren werden.«

»Ja, das werden sie ganz bestimmt«, erwiderte Saska.

»Und hier ist Mrs. Macdonald, meine Wirtschafterin, die sich um Sie kümmern wird«, fuhr die Ducheß fort. »Nach dem Tee wird Ihr Gepäck sicher schon auf Ihr Zimmer geschafft worden sein. Dann können Sie sich umkleiden und Talbot begrüßen.«

*

Eine Viertelstunde später nahm Saska ihren ersten schottischen Tee zu sich.

Er entsprach so genau dem, was sie in den Büchern über Schottland gelesen hatte, daß sie sich wünschte, ihr Vater wäre hier, damit sie sich gemeinsam mit ihm über die vielen Kuchensorten amüsieren konnte, die gewiß für ein ganzes Regiment Soldaten gereicht hätten.

Es gab weiches Teegebäck, Pfannkuchen, Mürbetörtchen und Haferflockenbiskuits.

Dazu wurde Heidehonig gereicht, der wohl vom vergangenen Herbst stammte und dunkler war als jeder andere Honig, den Saska bis dahin gesehen hatte.

Es gab eine besondere Art von Ingwergebäck, das – wie die Ducheß sagte – ihr Enkelsohn gerne als Proviant mitnahm, wenn er zum Fischen ging.

»Wenn ich das alles essen soll«, erklärte Saska, »werde ich bis zu meiner Abreise aber mächtig zugenommen haben.«

Die Ducheß lachte.

»Wir hier im Norden sind sehr stolz auf unser gutes Essen. Unsere Mahlzeiten haben den Ruf, recht gehaltvoll zu sein.«

»Ich glaube, Eure Gnaden müssen Schottin sein, oder?« fragte Saska. Und während sie die Frage stellte, dachte sie, daß Deirdre ihr dies eigentlich hätte sagen müssen.

»Natürlich bin ich Schottin«, erwiderte die Ducheß. »Ich bin eine geborene Macdonald. Als mein Gatte, der zweite Duke, starb, wußte ich, daß ich in meiner Heimat und unter meinem Volk glücklicher sein würde als unter den Engländern.«

Bei den letzten Worten klang ihre Stimme spöttisch, und Saska mußte lachen.

»Und Sie leben hier das ganze Jahr über allein?« erkundigte sich Saska.

»Ich habe viele Freunde und Verwandte hier«, antwortete die Ducheß. »Außerdem macht in Schottland niemand viel Aufhebens wegen einer langen Reise, so wie die Engländer das tun.«

Sie lächelte, bevor sie fortfuhr:

»Die Menschen hier denken sich nichts dabei, zehn oder fünfzehn Meilen zu einer Dinnerparty zu fahren. Und es ist allgemein üblich, daß man dort schläft, wo man gegessen hat.«

»Das klingt wundervoll und hört sich nach guter Nachbarschaft an.«

»Genau das ist es auch«, antwortete die Ducheß. »So, wenn Sie jetzt mit dem Tee fertig sind, schlage ich vor, Sie kleiden sich um und kommen dann mit, um Talbot zu begrüßen. Er brennt sicher schon darauf, Ihnen für Ihr Kommen zu danken.«

Da die Ducheß sich nicht erhob, blieb auch Saska am Teetisch sitzen, weil sie das Gefühl hatte, die alte Dame wollte ihr noch etwas Wichtiges sagen.

»Ich habe mir so sehr gewünscht, daß Sie uns besuchen«, begann die Ducheß. »Talbot war so schrecklich deprimiert und machte sich große Sorgen wegen seiner Augen – und ich wußte, Sie würden ihn aufmuntern.«

»Was kann ich tun, um ihm zu – helfen?«

Die Ducheß schwieg einen Augenblick, dann sagte sie:

»Die Ärzte sind eigentlich sehr optimistisch. Aber sie bestehen darauf, daß der Verband um seine Augen nicht eher entfernt wird, bis sie sicher sind, daß das Licht den Augen nicht mehr schaden kann. Dies geschieht ja oft nach solchen Unfällen.«

»Und Sie haben nicht die Befürchtung, der Duke könnte für immer blind bleiben?« fragte Saska angstvoll.

»Ich weiß, daß es das ist, was ihn beunruhigt«, antwortete die Ducheß. »Ich möchte gern, daß Sie ihn dazu bringen, dem Wort der Ärzte zu vertrauen und an sein sprichwörtliches Glück zu glauben, das ihn bisher noch nie im Stich gelassen hat – weder auf dem Rennplatz noch sonstwo.«

Die Ducheß seufzte, bevor sie fortfuhr:

»Es war außerordentliches Pech, daß er auf eine Legbüchse trat, die an einer Stelle aufgestellt war, wo Angler eigentlich selten hinkommen, und die auch sehr weit vom Fluß entfernt lag.«

»Ich halte Legbüchsen für entsetzlich grausam«, stieß Saska impulsiv hervor, ohne daran zu denken, daß es als eine Unhöflichkeit angesehen werden könnte, die eigene Meinung mit solcher Deutlichkeit zu äußern.

»Jetzt bin ich auch der Überzeugung, daß Sie recht haben«, räumte die Ducheß ein. »Meinen Wildhütern habe ich Anweisung gegeben, auf meinem Besitztum nie wieder Legbüchsen zu benutzen.«

»Das freut mich sehr!« rief Saska. »Aber welche Verletzungen hat Seine Gnaden sich sonst noch zugezogen?«

»Man mußte mehrere Metallsplitter aus seinem Körper entfernen«, erwiderte die Ducheß. »Aber die Ärzte setzen auf seine robuste Gesundheit. Sie können nur staunen, wie die Wunden so schnell und ohne sich zu entzünden verheilen.«

Wieder schwieg sie einige Minuten, bevor sie fortfuhr:

»Aber es stellte sich heraus, daß er noch ein zweites Mal operiert werden muß. Und weil ihm dies einen großen Schock versetzt hat, machen die Ärzte sich Sorgen, daß er zu nervös wird. Dabei braucht er so dringend Ruhe. Ohne absolute Ruhe und Ausgeglichenheit kann der Heilungsprozeß der Augen keine Fortschritte machen.«

»Ich verstehe«, sagte Saska.

»Was Sie, meine Liebe, zu tun haben, ist, ihn zu überzeugen, daß es das beste ist, sich genau an den Rat der Ärzte zu halten und nicht – um es mit den Worten des heiligen Paulus auszudrücken –, ›gegen den Stachel zu löcken‹.«

»Ich werde es versuchen«, versprach Saska.

Die Ducheß erhob sich.

»So, und nun rasch auf Ihr Zimmer und das Kleid gewechselt! Ich warte im Salon auf Sie.«

Da Saska aus der Stimme der Ducheß eine gewisse Ungeduld herauszuhören glaubte, eilte sie den Flur entlang auf ihr Zimmer.

Dort waren Emily, Mrs. Macdonald und zwei

Hausmädchen schon dabei, ihre Koffer auszupacken.

Sie hatte nur einen flüchtigen Blick auf die Kleider geworfen, die Deirdre ihr geschenkt hatte, da ein Koffer bereits gepackt war und die Diskussion um das passende Reisekostüm Deirdre und Hannah davon abgehalten hatte, ihr die Kleider zu zeigen, die in den zweiten Koffer kommen sollten.

Nun sah Saska zu ihrer Überraschung, daß der Kleiderschrank gefüllt war mit Kleidern von jeder Farbe und aus den verschiedensten Stoffarten.

Ihr Herz begann schneller zu schlagen, und sie dachte, daß es nichts Aufregenderes für sie geben würde als den Augenblick, in dem sie zum ersten Mal in ihrem Leben ein Kleid aus der Bond Street trug.

Da sie Deirdres Haar- und Augenfarbe hatte, würde ihr alles sicherlich ausgezeichnet stehen und ihr das Gefühl geben, ein Teil dieses Märchenschlosses geworden zu sein, das in einem Land lag, das so bezaubernd und erregend war wie die Legenden, die sie als Kind darüber gelesen hatte.

Leider war gerade nicht die Zeit zu einer ausführlichen Besichtigung ihrer Schätze. Mrs. Macdonald holte ein grünes, sehr attraktives Kleid aus dem Schrank, dessen reifrockverstärktes Unterteil mit grünen Samtschleifen verziert war.

Echte Spitzen bildeten den Abschluß an Ärmeln und Halsausschnitt, elegante grüne Pumps lugten neugierig unter dem Saum der Krinoline hervor, und in ihrem Haar prangte eine breite, kunstvoll geschlungene Schleife, ebenfalls in Grün.

Emily hatte ihr das Haar in der gleichen Weise frisiert, wie Deirdre es trug, und als Saska sich nun im

Spiegel betrachtete, erschien es ihr, als gäbe es sie nicht mehr. Im Spiegel sah sie tatsächlich das Bild ihrer Cousine

Sie erinnerte sich daran, daß die Ducheß auf sie wartete, und eilte in den Salon.

»Da sind Sie ja schon, meine Liebe!« rief die Ducheß. »Sie sehen einfach wundervoll aus. Talbot erzählte mir, Sie seien das schönste Mädchen, das er je gesehen habe. Nun weiß ich, daß er nicht übertrieben hat.«

»Sie sind sehr freundlich, Euer Gnaden«, erwiderte Saska verlegen.

»Ich bin nur sehr traurig, daß er sie nicht sehen kann in diesem herrlichen Kleid. Aber ich weiß, es ist nur eine Frage der Zeit, bis er wieder der alte ist.«

Sie schritten nebeneinander den Korridor entlang. Die Ducheß schenkte Saska ein kleines Lächeln, als sie hinzufügte:

»Da ich Schottin bin, glaube ich natürlich an meine hellseherischen Fahigkeiten. Und deshalb wird meine Prophezeiung, daß Talbot wieder ganz gesund wird, in Erfüllung gehen.«

»Oh, das hoffe ich auch sehr«, sagte Saska.

Der Gedanke, daß sie in wenigen Augenblicken dem Duke gegenüberstand, rief Angst in ihr hervor. Sie konnte sich verraten, er konnte sie als Schwindlerin entlarven. Die Schmetterlinge in ihrer Brust begannen wieder zu flattern. Sie hatte das Gefühl, die Worte würden ihr im Halse steckenbleiben.

Sie hatten fast das Ende des Ganges erreicht, als sie vor einer hohen, beeindruckend prunkvollen Tür stehenblieben.

Im selben Moment wurde sie von einem drahtig

wirkenden kleinen Mann geöffnet, der respektvoll sagte:

»'n Tag, Euer Gnaden. 'n Tag, M'lady!«

»Nun, was macht Ihr Patient, Tomkins?« fragte die Ducheß.

»Ich glaube, Seiner Gnaden geht's besser.«

Die Ducheß wandte sich zu Saska um.

»Tomkins ist bei meinem Enkelsohn, seit dieser erwachsen wurde. Er ist eine bessere Krankenschwester als jede, die ein Arzt besorgen könnte. In mancher Beziehung ist er sogar besser als jeder Arzt. Ist es nicht so, Tomkins?«

»Ich bin nur zu bereit, Eurer Gnaden zuzustimmen, Euer Gnaden«, erwiderte er mit einem Grinsen.

Die Ducheß lachte.

Sie standen in einer Diele, und Tomkins ging nun auf eine Tür gegenüber dem Eingang zu, die er öffnete.

»Ihre Gnaden und Lady Deirdre, Euer Gnaden«, sagte er im breitesten Cockney-Dialekt.

Saska hielt den Atem an, als sie den riesigen Raum betraten. In einem gewaltigen Himmelbett lag ein Mann, der um den Kopf einen dicken Verband trug, der auch die Augen bedeckte.

Die Ducheß näherte sich ihm und sagte:

»Deirdre ist da, Talbot, nach einer langen, beschwerlichen Reise von London. Ich kann dir nicht sagen, wie froh ich bin, sie kennenzulernen. Und nun weiß ich auch, daß du die Wahrheit gesagt hast, als du mir von ihrer Schönheit vorschwärmtest.«

»Du bist gekommen, Deirdre?«

Die Stimme des Duke klang leise und sonor.

Nach einer Sekunde, in der Saska versuchte, ihre Furcht zu besiegen, machte sie ein paar Schritte in den Raum hinein. Vor dem Bett angelangt, antwortete sie mit einer Stimme, die sie nicht als die eigene erkannte:

»Ja, ich bin da.«

»Das ist lieb von dir.«

Der Duke streckte die Hand aus, und weil Saska wußte, daß es von ihr erwartet wurde, legte sie die ihre hinein.

Als sie ihn berührte, zitterten ihre Finger. Sie hoffte, er würde es nicht spüren.

Seine Hand schloß sich um die ihre, und er sagte:

»Du frierst ja!«

»Ich habe Feuer in ihrem Schlafzimmer machen lassen«, erklärte die Ducheß rasch.

Saska überlegte, was sie sagen sollte, doch ihre Gedanken verwirrten sich. Sie war sich der Kraft seiner Finger bewußt und fühlte, wie durch die Berührung ein starker Strom von ihm auf sie überging.

Sie konnte sich das Gefühl nicht erklären, und doch war es Wirklichkeit.

Noch nie hatte sie etwas Derartiges erfahren, wenn sie einem anderen Menschen gegenübergestanden hatte. Und sie wußte in diesem Augenblick, daß die Begegnung mit ihm etwas Ungewöhnliches war.

Die Ducheß schien ihre Verlegenheit zu spüren, denn sie sagte:

»Ich werde euch allein lassen. Ich bin sicher, ihr jungen Leute habt euch eine Menge zu erzählen. Trotzdem, liebe Deirdre, glaube ich, Sie sollten nicht zu lange bei ihm bleiben, denn Sie sind Talbots erster Besuch. Außerdem werden Sie müde sein, und ich denke, Sie sollten sich vor dem Dinner unbedingt noch ein wenig hinlegen.«

Ohne auf eine Antwort zu warten, ging sie aus dem Zimmer. Als sich die Tür hinter ihr schloß, wurde sich Saska bewußt, daß der Duke immer noch ihre Hand hielt.

»Ich bin überrascht, dich zu sehen«, sagte er.

»Überrascht?«

»Ich habe eigentlich nicht daran geglaubt, daß du kommst, obwohl ich wußte, daß meine Großmutter deinen Vater in einem Brief um deinen Besuch gebeten hat.«

»Ich ... ich habe mir große Sorgen gemacht, als ich von deinem Unfall erfuhr.«

»Hast du das wirklich?« fragte der Duke.

»Aber ja«, erwiderte Saska. »Es muß entsetzlich für dich gewesen sein. Deine Großmutter hat daraufhin die Entfernung aller Legbüchsen auf ihrem Besitztum angeordnet. Papa hat immer schon gesagt, daß es sich dabei um Teufelsinstrumente ...«

Sie brach ab.

Es war ihr bewußt geworden, daß sie nicht wie Deirdre sprach, und sie hoffte, der Duke hatte ihren Onkel nicht im Verdacht, daß er auf seinem Land ebenfalls Legbüchsen benutzte, um seine kostbaren Fasane vor allem gegen Wilderer zu schützen.

Der Duke gab ihre Hand frei, und Saska blickte sich nach einem Stuhl um. Es stand einer direkt hinter ihr, und sie ließ sich darauf nieder.

Nun konnte sie den Duke in aller Ruhe betrachten, und sie stellte fest, daß er tatsächlich ein außergewöhnlich gutaussehender Mann war.

Er besaß eine breite Stirn unter straff zurückgekämmtem dunklem Haar. Die Nase war gerade und aristokratisch, das Kinn fest, und der Mund verriet Stolz und Entschiedenheit.

Saska glaubte, wenn seine Augen nicht verbunden waren, mußte er sehr streng und furchteinflößend aussehen. Aber da der Verband ihn irgendwie hilflos erscheinen ließ, wirkte der Duke nicht so beängstigend auf sie, wie sie es erwartet hatte.

»Auf welche Bälle und Gesellschaften hast du wegen deines Besuches bei mir verzichten müssen?« fragte der Duke. Saska glaubte, einen spöttischen Unterton in seiner Stimme zu hören.

»Sie haben mich nicht mehr interessiert, weil ich mir solche – Sorgen um dich machte«, erwiderte Saska.

»Ich fühle mich natürlich geehrt und vor allem geschmeichelt«, erwiderte der Duke. »Aber ganz ehrlich, ich hätte hundert zu eins gewettet, daß du eine Entschuldigung finden würdest, um nicht nach Schottland kommen zu müssen. Schließlich kenne ich doch deine Abneigung gegen alles Schottische.«

»Wie kann jemand eine Abneigung haben gegen etwas so Wundervolles wie dieses Schloß?« sagte Saska.

Dann fuhr sie fort, als spräche sie zu sich selbst:

»Als ich hier ankam, glaubte ich, einen Schritt in die Vergangenheit getan zu haben. Ich konnte die Männer vor mir sehen, die sich in einem Tal versammelten und es in der Nacht heimlich verließen, um einen fremden Clan zu überfallen und ihm die Schafe oder Rinder zu rauben.«

Da der Duke schwieg, fuhr sie fort:

»Ich dachte an die Zeit, wo viele vor den Wikingern flohen, die übers Meer kamen und die Dörfer und Städte plünderten. Und natürlich an Bonny Prince Charlie. Wer kann nach Schottland kommen und nicht an diesen Mann denken, an die Treue und Liebe, die die Menschen ihm entgegenbrachten, so daß sie ins Feld für ihn zogen, in einen Krieg, der so furchtbar endete.«

In Saskas Stimme schwang tiefe Ergriffenheit, denn die Tragödie des jungen Thronprätendenten hatte sie schon immer erschüttert und mitgerissen.

Da sie das Gefühl hatte, schon zu viel geredet zu haben, schwieg auch sie. Nach einer Weile sagte der Duke:

»Du erstaunst mich, Deirdre. Ich hatte nicht die leiseste Ahnung, daß du derart empfindest. Seltsam, auch ich habe diese Gedanken und Gefühle, wenn ich in Schottland bin.«

»Denkst du beim Fischen auch an die Vergangenheit und die Geschichte des Landes?«

»Manchmal«, erwiderte er, »aber normalerweise konzentriere ich mich auf einen Salm und gebe mir Mühe, im richtigen Moment zuzuschlagen.«

»Es muß faszinierend sein.«

»Soll das heißen, du würdest auch gerne fischen?«

»Ja, das würde ich!« sagte Saska eifrig.

Doch dann fiel ihr ein, daß es nie dazu kommen würde. Wenn der Duke so weit gesundet war, daß er wieder fischen konnte, würde sie längst wieder im Vikariat zu Little Langworth sein und der Duke bei Deirdre, seiner Verlobten.

»Also das ist ein Ansporn für mich, so schnell wie möglich wieder gesund zu werden«, sagte er.

»Ja, streng dich mal an«, antwortete Saska. »Du weißt, daß der Mensch nur wollen muß, wenn er etwas erreichen will. ›Wo ein Wille ist, da ist auch ein Weg‹, heißt das Sprichwort.«

»Ist das deine Philosophie?

Sekundenlang dachte Saska nach, dann sagte sie:

»Mein Wille, der sich in Konzentration, Meditation und dem, was die Kirche seit zweitausend Jahren Gebet nennt, äußert, erreichte immer noch sein Ziel, glaube ich. Jedenfalls wenn das, was ich erstrebte, gut war.«

Sie sprach genauso, wie sie gesprochen hätte, wenn sie mit ihrem Vater zusammengewesen wäre. Und obwohl es wegen des Verbandes, den der Duke trug, schwierig war, dessen Gesichtsausdruck zu erkennen, glaubte Saska, daß der Mann vor ihr im Bett überrascht war.

Nach einer Pause fragte er:

»Willst du etwa sagen, du habest für mich gebetet, Deirdre?«

»Natürlich habe ich das.«

Bei diesen Worten dachte sie, daß sie, wenn sie ehrlich war, hätte hinzufügen müssen, daß sie nicht nur für seine Gesundheit gebetet hatte, sondern auch für das Gelingen des Täuschungsmanövers, das sie ihm vorspielte.

3

Saska erwachte. Im ersten Augenblick wußte sie nicht, wo sie war.

Die Sonne schien durch die Vorhänge und ließ einen riesigen Raum mit einer hohen Decke erkennen. In dem offenen Kamin schwelten einige Holzscheite, und die vier Pfosten des Himmelbetts, in dem sie lag, zeigten kunstvolle Schnitzereien.

Sie war in Schottland.

Plötzlich kehrte die Erinnerung zurück.

Nachdem sie den Duke verlassen hatte, ging sie über den langen Korridor zu ihrem Zimmer zurück, wo Emily auf sie wartete und sie mit den Worten empfing:

»Ihr Bad ist noch nicht fertig, M'lady. Weshalb legen Sie sich nicht etwas hin und ruhen ein wenig aus. Eine halbe Stunde wenigstens. Ich bin sicher, daß Sie müde sind.«

»Das ist wahr«, gab Saska zu.

Da sie den Vorschlag Emilys für vernünftig hielt, ließ sie sich von dem Mädchen beim Auskleiden und in ihr Nachtgewand helfen. Dann schlüpfte sie zwischen die Decken des riesigen Bettes.

Fast im selben Augenblick, als ihr Kopf das Kissen berührte, schlief sie ein. Nun stellte sie fest, daß man sie zum Dinner nicht geweckt und sie die ganze Nacht durchgeschlafen hatte.

Sie kannte die Gründe für ihre Müdigkeit. Es waren nicht nur die lange Bahnfahrt und die Tatsache, daß sie in der Nacht zuvor im Zug kaum ein Auge zugetan hatte. Es war vor allem die Angst vor der Begegnung mit dem Duke gewesen. Ständig hatte sie befürchtet, der Duke wüßte längst, daß sie eine Schwindlerin war. Sie hatte in einer ständigen Anspannung gelebt, war nervös und verkrampft gewesen.

Diese Angst war nun von ihr abgefallen, denn die erste Bewährungsprobe hatte sie mit Bravour bestanden. Kein Wunder also, daß sie in einen tiefen, traumlosen Schlaf gesunken war, so daß sie sich nun wie neugeboren fühlte.

Saska setzte sich im Bett auf. Ihr erster Impuls war, die Beine über die Bettkante zu schwingen, aufzuspringen und die Vorhänge zurückzuziehen. Zum Glück fiel ihr noch früh genug ein, daß Deirdre in dieser Situation nach ihrer Zofe läuten und nicht eher aufstehen würde, bis alles für eine standesgemäße Morgentoilette hergerichtet war.

Also läutete sie.

Entgegen ihrer Erwartung vergingen nur wenige Minuten, bis Emily dienstbeflissen ins Zimmer kam.

»Sie sind aufgewacht, M'lady!« rief sie erfreut. »Sie haben ja geschlafen wie ein Murmeltier!«

»Ich fürchte, ich habe das Dinner mit der Ducheß verschlafen, und das war wohl sehr unhöflich von mir.«

Emily durchquerte den Raum und zog die Vorhänge zurück. Dabei plapperte sie eifrig.

»Gestern Abend kam Mrs. Macdonald, um zu

sehen, ob alles in Ordnung wäre. Als sie sah, wie fest sie schliefen, ging sie zur Herrin und fragte an, ob wir Sie wecken sollten, M'lady.«

»Ich nehme an, Ihre Gnaden sagte nein.«

»Richtig, M'lady! Ihre Gnaden sagte: ›Laßt sie schlafen! Sie hat den Schlaf verdient nach dieser langen Reise.‹«

Saska lachte.

»Alle tun so, als wäre ich zum Mond geflogen oder bis auf den Grund des Meeres getaucht. Dabei war es trotz der langen Strecke eine äußerst bequeme und komfortable Reise.«

»Sie war auch gar nicht so gefährlich, wie ich befürchtet hatte«, räumte Emily mit einer gewissen Wichtigkeit ein. »Aber wenn mich Eure Ladyschaft fragen, ich mag Eisenbahnfahrten nicht.«

Saska hatte darauf keine Antwort, und so lachte sie nur.

Emily brachte heißes Wasser, und nachdem sich Saska gewaschen hatte, wählte sie eins der schlichtesten Kleider, die Deirdre ihr mitgegeben hatte. Saska war der Meinung, es wäre nicht richtig, sich in Schottland zu fein anzuziehen.

Das ausgewählte Kleid stand ihr hervorragend. Und obwohl sie sich leicht extravagant in der üppigen Krinoline vorkam, wußte sie, daß sie sehr elegant aussah und nicht im entferntesten an die armselige, altmodische Vogelscheuche erinnerte, die im Vikariat von Little Langworth herumlief.

Da sie an die neuen Kleider dachte, leuchteten ihre Augen. Ihr Gesicht schien den Sonnenschein der ganzen Welt widerzuspiegeln, und in ihren Bewegungen lag eine Anmut, die die Ducheß bei ihrem

Anblick unwillkürlich an das junge Reh denken ließ, das sie manchmal von ihrem Fester aus beobachtete.

»Bitte, Euer Gnaden, vergeben Sie mir meine Unhöflichkeit!« bat Saska. »Ich hatte mich gestern Abend nur für einen Augenblick hingelegt. Seitdem weiß ich nichts mehr, bis ich vor einer halben Stunde aufwachte.«

»Ich glaube, das war sehr vernünftig von Ihnen, mein Kind«, erwiderte die Ducheß. »Aber nun wollen Sie sicherlich meinen Enkelsohn begrüßen, bevor ich Ihnen das Schloß zeige oder – da ein so wundervoller Tag ist – zuerst in Garten.«

»Ich möchte alles sehen«, sagte Saska enthusiastisch. »Ich bin überzeugt, daß ich mich auf einem Märchenschloß befinde.«

»Und natürlich werden Sie den Märchenprinzen heiraten, weil zu einem Märchen immer auch ein Happy-End gehört, nicht wahr?«

Die Ducheß lächelte.

Ihre Worte erinnerten Saska daran, daß ihr Märchen anders enden würde – abrupt und mit der Rückkehr ins Vikariat. Außerdem war sie sich klar darüber, daß Deirdre es niemals zulassen würde, daß sie den Duke noch einmal wiedersah. Die Gefahr, daß er ihren Schwindel entdeckte, war viel zu groß.

Das hieß, daß sie auch in Zukunft niemals zu den Partys auf Hall eingeladen wurde, und mit einer Teilnahme an der Hochzeit konnte sie ebensowenig rechnen.

Also beschloß sie wohlweislich, das neue Leben so lange zu genießen, wie es möglich war. Denn obwohl sie das Aschenputtel war, hatte eine gütige Fee ihr wenigstens für kurze Zeit zu wunderschönen Kleidern verholfen, ihr statt der gläsernen Kutsche einen Zug zur Verfügung gestellt, und wenn sie das Schloß wieder verließ, mußte sie unbedingt daran denken, einen ihrer gläsernen Schuhe zurückzulassen.

Nicht, daß sich der Duke auf die Suche nach ihr begeben würde. Nein, das bildete sie sich nicht ein. Und wenn sie wieder zu Hause war, war es das beste, wenn sie nie wieder an ihn dachte.

Sie waren an der Tür zur Suite des Duke angekommen. Tomkins öffnete ihnen.

»Wie geht es Seiner Gnaden heute morgen?« fragte die Ducheß.

Tomkins senkte die Stimme.

»Seine Gnaden hatte 'ne schlimme Nacht, Euer Gnaden. Ich fürchte, er hat wieder einen seiner depressiven Zustände.«

»O Gott!« sagte die Ducheß. »In dem Fall ist es vielleicht gut, wenn Ihre Ladyschaft allein zu ihm geht. Sie ist wohl eher imstande, ihn ein wenig aufzuheitern, als ich.«

Sie legte die Hand auf Saskas Arm und sagte:

»Ja, mein Kind, heitern Sie ihn auf. Es ist so schädlich für ihn, wenn er wieder in diese Verzagtheit und Mutlosigkeit versinkt, obwohl er seine ganzen Kräfte doch für die nächste Operation braucht – und natürlich für seine Augen.«

Sie wartete Saskas Entscheidung nicht ab, sondern ging den Weg zurück, den sie gekommen waren. Tomkins zögerte einen Moment, bevor er die Tür zum Schlafzimmer des Duke öffnete.

»Ihre Ladyschaft, die Sie sehen will, Euer Gnaden!«

Nervös näherte sich Saska dem Bett.

Sie hatte den Eindruck, daß der Duke tiefer in den

Kissen lag als am Tag zuvor, und als sie sein Gesicht deutlich erkennen konnte, bemerkte sie, daß sein Mund eine schmale Linie bildete.

Sie war überzeugt: Wenn der Verband nicht gewesen wäre, hätte sie eine steile Falte zwischen einem finster blickenden Augenpaar gesehen.

»Es ist ein herrlicher Tag heute«, sagte sie. »Und ich bilde mir ein, es ist Schottlands besonderer Willkommensgruß für mich. Möchtest du, daß ich dir beschreibe, welchen Anblick ich aus deinem Fenster habe?«

Schweigen.

Der Duke schien erstaunt zu sein über ihre Worte.

Dann erwiderte er mißgelaunt:

»Von mir aus. Da ich blind bin und es wahrscheinlich auch bleiben werde, kann ich sowieso nichts anderes tun, als zuzuhören.«

Saska trat an eins der Fenster und blickte hinaus.

»Es ist alles so schön!« sagte sie. »Mir fehlen beinahe die Worte, die verschiedenen Farben zu beschreiben, in denen das Moor leuchtet. Alles scheint im Licht zu baden, und die Sonne kommt mir hier viel klarer und strahlender vor als im Süden.«

»Sehr poetisch«, bemerkte der Duke, und Saska wußte, daß er voller Sarkasmus war. »Aber da ich mich für den Rest meines Lebens auf deine Beschreibungen verlassen muß, wenn ich wissen will, was um mich her geschieht, sollte ich froh sein, daß du die englische Sprache so ausgezeichnet beherrschst.«

Saska kehrte zum Bett zurück.

»Bist du wirklich so töricht, zu glauben, du würdest dein Augenlicht nie wieder zurückgewinnen?« fragte sie.

»Darüber wünsche ich nicht zu sprechen«, stieß der Duke heftig hervor. »Es ist tragisch genug, blind und untätig hier herumzuliegen, ohne es auch noch in Worte fassen zu müssen.«

»Ist es denn tatsächlich so, daß du deine Situation dermaßen negativ siehst? Wenn das der Fall ist, gibt es meiner Meinung nach wirklich nichts Dümmeres, was du tun kannst.«

»Was meinst du damit?«

»Es ist dir doch klar, daß wir Menschen immer das sind, was wir denken. Nicht nur gefühlsmäßig, sondern auch körperlich.«

»Das ist völliger Unsinn!«

»Aber du mußt über diese Wechselwirkung doch schon einmal etwas gelesen haben. Schließlich gibt es Bücher zu diesem Thema. Und immer wieder hört man Geschichten von Menschen, die ganz unerwartet geheilt wurden, weil sie positiv eingestellt waren und fest an ihre Heilung glaubten.«

»Redest du von Wundern?«

»Wunder sind die spektakulärste Form einer Heilung. Sie werden von der Kirche anerkannt, und es wird in Büchern darüber berichtet. Aber Tag für Tag geschehen kleine Wunder. Sie geschehen, ohne daß jemand Notiz davon nimmt. Und dennoch sind sie Beispiele und Beweise dafür, wie wichtig es ist, die richtigen Gedanken zu denken oder – wenn man einen anderen Ausdruck gebrauchen will – einfach zu glauben.«

Eine lange Pause entstand, und Saska wußte, daß der Duke über ihre Worte nachdachte.

Dann antwortete er fast feindselig, so als hätte er die Absicht, mit ihr zu streiten:

»Ich kann mir nicht vorstellen, daß es irgendeine medizinische Begründung für das gibt, was du sagst. Lediglich religiöse Fanatiker berauschen sich an dem Gedanken, daß der Glaube Berge versetzt – der übernatürliche Glaube wohlgemerkt. Und auffälligerweise sind es immer die Schwächlinge und Lebensuntüchtigen, die so denken, da sie nicht imstande sind, aus eigener Kraft mit dem Leben fertig zu werden.«

»Übernatürlicher Glaube kann sehr eindrucksvoll sein und großartige Dinge hervorbringen«, entgegnete Saska. »Man braucht nur an Mekka zu denken, an die heiligen Männer in Indien oder an die lange Liste der katholischen Heiligen, die nach Aussagen der Kirche zahlreiche Wunder vollbracht haben.«

Sie machte eine Pause, doch als der Duke stumm blieb, fuhr sie rasch fort:

»Ich spreche von einfachen Menschen, die sich durch positive Gedanken zu heilen vermögen, weil sie mit aller Kraft des Herzens und des Verstandes daran glauben, daß diese Heilung möglich ist.«

»Und du willst solche Menschen kennen, mit ihnen in Berührung gekommen sein?« fragte der Duke.

Seine Stimme klang zynisch, was Saska verriet, daß er der Meinung war, sie würde übertreiben, um ihn damit zu beeindrucken.

Ihre Gedanken überschlugen sich. Als Deirdre konnte sie mit den einfachen Menschen, von denen sie zu ihm gesprochen hatte, nicht tatsächlich in Berührung gekommen sein. Doch weil sie das Thema nicht beenden wollte und fest davon überzeugt war, daß es sehr wichtig für ihn war, was sie ihm sagen wollte, erwiderte sie:

»Mein Onkel ist der Vikar von Little Langworth. Er

ist ein tüchtiger Mensch und hat mir oft von Menschen erzählt, denen er geholfen hat, ihre Gesundheit wiederzuerlangen. Er brachte sie dazu, an die Möglichkeit einer Heilung zu glauben.«

Sie hatte den Eindruck, daß er zumindest aufmerksam zuhörte, daher fuhr sie fort:

»Seine Frau, meine Tante Margaret, half diesen Leuten dadurch, daß sie sie lehrte, sich richtig zu ernähren. Sie empfahl ihnen, frische Kräuter und andere Naturprodukte zu sich zu nehmen, die ihre Krankheiten bekämpften und ihnen die Gesundheit zurückgaben.«

»Was du mir also letztendlich klarmachen willst«, bemerkte der Duke, »ist nicht nur, daß ich falsch denke, sondern mich auch falsch ernähre.«

Weil er so aussah, als machte er sich lustig über sie, schwieg Saska einen Augenblick. Dann sagte sie:

»Du magst mich für anmaßend oder schrullig halten, aber ich weiß, daß ich es nicht zulassen würde, daß negative Gedanken den Heilungsprozeß verzögerten, wenn ich an deiner Stelle wäre.«

»Ich nehme an, mit negativen Gedanken meinst du meine Furcht, ich könnte für immer blind bleiben.«

»Ich bin absolut sicher, daß dies nicht der Fall sein wird«, antwortete Saska. »Gleichzeitig jedoch verlängerst du die Zeit, in der du den Verband tragen mußt, und damit verzögerst du die Heilung, die eigentlich – da du jung und kräftig bist – sehr schnell fortschreiten sollte.«

»Glaubst du tatsächlich an das, was du sagst?« fragte er.

»Du magst mich für eingebildet halten, aber ich weiß ganz genau, daß ich recht habe. Und wenn du einmal ernsthaft darüber nachdenkst, wirst du einsehen, daß es sehr logisch und vernünftig ist.«

»Na schön«, erklärte sich der Duke einverstanden, »ich will mir deine Argumente anhören, wenn du sie mir ein wenig klarer darlegen kannst. Aber ich werde nicht so weit gehen, zuzugeben, daß das, was du sagst, etwas anderes ist als reine Phantasie ohne jegliche Unterstützung durch die medizinische Wissenschaft.«

Saska lachte.

»Meine Tante sagte immer, die Leute behandelten die Ärzte wie mit überirdischen Kräften ausgestattete Halbgötter, obwohl sie in Wirklichkeit ganz normale Menschen sind, die mit Arzneien herumspielen, die sie an sich selbst nie ausprobiert haben und oft nicht einmal richtig kennen.«

»Das ist ja eine vernichtende Kritik.«

»Es ... es tut mir leid«, sagte Saska rasch. »Es war nicht meine Absicht, dein Vertrauen in die Ärzte zu untergraben. Ich wollte nur, daß du begreifst, wie wichtig positives Denken ist. Wenn du dich mit aller Kraft darauf konzentrierst, kannst du dich selbst gesund machen.«

»Ich bin bereit, mir deine revolutionären Ideen auf diesem Gebiet anzuhören«, erklärte der Duke. »Sag mir also mit einfachen Worten, was ich zu tun habe!«

Saska beobachtete die Bewegung seiner Lippen. Sie wußte, wenn sie jetzt seine Augen hätte sehen können, wäre ihr der skeptische Ausdruck darin gewiß nicht entgangen. Ja, er war voller Vorbehalte gegenüber dem, was sie sagte. Und außerdem fand er es überheblich von ihr, ihn belehren zu wollen.

Sie erhob sich von dem Stuhl neben seinem Bett.

»Ich werde etwas holen, was ich dir gerne vorlesen möchte«, sagte sie. »Vielleicht kann ich dir damit begreiflich machen, was ich meine.«

Sie wartete seine Zustimmung erst gar nicht ab, sondern eilte aus dem Zimmer.

Sie hatte zwei von ihres Vaters Büchern mit auf die Reise genommen, da sie glaubte, aus ihrer Lektüre während ihres Aufenthalts auf Strathconna Castle Mut und Stärke schöpfen zu können.

Die Bücher lagen auch zu Hause auf ihrem Nachttisch, und jeden Abend vor dem Einschlafen las sie einen Abschnitt daraus.

Auf ihrem Zimmer angekommen, nahm Saska eins davon und lief zur Suite des Duke zurück. Sie schloß die Tür zum Korridor und dann die Tür seines Schlafzimmers hinter sich.

Er sagte kein Wort, als sie eintrat, und Saska nahm wieder auf dem Stuhl an seinem Bett Platz.

Sie hatte das Gefühl, daß er auf sie gewartet hatte und zumindest neugierig war auf das, was sie ihm vorlesen würde.

Da sie ein wenig atemlos vom Laufen war, blätterte sie die Seiten langsam um, bis sie gefunden hatte, wonach sie suchte.

Dann sagte sie: »Ich weiß, im Augenblick stimmst du mir nicht zu, wenn ich behaupte, daß du den Heilungsprozeß deiner Augen verzögerst, indem du immer nur über das Elend deiner Erblindung nachgrübelst. Dennoch möchte ich versuchen, diese negativen Gedanken zu vertreiben. Du sollst nicht an die Dunkelheit, sondern ans Licht denken. An das Licht, das für die Griechen das Leben schlechthin bedeutete.«

Immer noch sprach der Duke kein Wort.

Saska aber hob das aufgeschlagene Buch von ihrem Schoß auf und begann langsam und leise zu lesen:

> *»Als der Morgen anbrach, ergoß sich der Körper Apollos über den Himmel. Aufleuchtend in Millionen von Lichtpunkten, heilte er alles, was er berührte, ließ er die Saaten keimen, vertrieb er die Macht der Finsternis.«*

Saska machte eine Pause, fragte sich, ob der Duke sich dazu äußern würde.

Er lag sehr still und bewegte sich nicht, doch sie spürte, daß er ihr aufmerksam zuhörte.

Und so fuhr sie fort:

> *»Er war nicht nur die Sonne, sondern auch der Mond, die Sterne, die Milchstraße und die Himmelskörper am Rande der Welt. Er war das Funkeln auf den Schaumkronen der Wellen, der Glanz in den Augen der Menschen und das Leuchten auf einem Mädchengesicht. Er war der schwache Schimmer eines Ährenfeldes in dunkler Nacht, und wann immer in den Bergen eine Quelle entsprang, er war zugegen in dem Augenblick, da sie sprudelnd aus dem Fels ans Licht hervorbrach.«*

Sie ließ das Buch sinken und sagte:

»Licht heilt. Und das ist das Licht, an das du denken mußt. Das Licht, das heilig ist und Leben spendet.«

Der Duke sprach immer noch nicht. Und da Saska plötzlich verlegen wurde und glaubte, sie hätte nicht so überzeugt und sicher zu ihm reden dürfen, erhob sie sich und trat ans Fenster.

Sie blickte hinaus in die von der Sonne überflutete Landschaft, sah das Farbenspiel des Lichts auf den Hochmooren, die einmal purpurn, dann wieder golden leuchteten, sah die Felsen, die von innen zu glühen schienen, das Blau des Himmels, das hoch und endlos gewölbte Firmament, das sich in eine gewaltige Lichtkuppel verwandelt hatte. Und sie dachte, daß nur die Griechen das, was ihre Augen wahrnahmen, in Worte zu fassen vermochten.

Dann hörte sie vom Bett her eine Stimme sagen:

»Wo bist du Deirdre? Ich möchte mit dir reden.«

»Ich bin hier«, antwortete Saska und eilte zu ihm ans Bett zurück. »Ich bin zum Fenster gegangen, weil ich fürchtete, du könntest verärgert über mich sein.«

»Ich bin überhaupt nicht verärgert«, erwiderte der Duke, »nur überrascht. Ich wußte nicht, daß du von diesen Dingen eine Ahnung hast. Und für mich sind sie völlig neu.«

»Aber auf der Universität mußt du doch Griechisch studiert haben.«

»Das ist lange her.«

»Aber wenn man einmal mit der Welt der Griechen in Berührung gekommen ist, verstehe ich nicht, daß man sie jemals vergessen kann.«

Als wollte der Duke sich auf dieses Argument nicht einlassen, sagte er, wie sie glaubte, ausweichend:

»Ich werde über das, was du soeben gesagt hast,

ganz bestimmt nachdenken. Aber das betrifft natürlich nur den Verstand, nicht wahr?«

»Meine Therapie umfaßt auch die richtige Ernährung.«

»Ich glaube nicht, daß meine Großmutter sehr erfreut ist, wenn sie das hört.«

»Ich bin sicher, das Essen hier ist normalerweise ganz hervorragend für dich«, sagte Saska. »Was könnte dir besser bekommen als frischer Salm aus dem Fluß und Moorhuhn aus der Heide?«

»Nicht zu dieser Jahreszeit.«

»Ich weiß. Als ich nach Norden kam, habe ich mir gewünscht, das Heidekraut möge blühen und die Moore mögen noch schöner sein, als sie es jetzt schon sind.«

»Das ist einfach«, sagte der Duke. »Wir werden im August wieder herkommen.«

Saska fühlte einen kleinen Stich in der Herzgegend. Wenn er auch hierher zurückkehren würde, für sie stand fest, daß eine Rückkehr ausgeschlossen war. Ja, es war höchst unwahrscheinlich, daß sie das purpurne Glühen der Heide jemals erleben würde.

»Ich warte auf eine Antwort!« sagte der Duke. »Was hältst du davon?«

»Ich dachte daran, wie wundervoll im August hier alles aussehen wird. Und doch fällt es mir schwer zu glauben, daß es noch schöner sein kann als jetzt, in diesem Augenblick.«

»Ich möchte nun aber wissen, welche Art der Ernährung du für so wirksam hältst, daß sie mich wieder gesund machen könnte.«

Wieder einmal wußte Saska, daß er voller Sarkasmus war. Und während sie fast wünschte, dieses

Thema nicht erwähnt zu haben, fühlte sie sich gleichzeitig gedrängt, ihm zu sagen, was sie für richtig hielt.

Denn in ihrem tiefsten Herzen war sie davon überzeugt, daß die vorgeschlagene Heilmethode ihm helfen würde, weil sie sich schon so oft bewährt hatte.

Ihre Mutter hatte vielen Menschen damit geholfen, und sie, Saska, war oft Zeuge erstaunlicher Heilungen geworden.

»Da in Schottland die Zeit für Gemüse und Obst später liegt als in England, müßtest du eigentlich im Garten des Schlosses alles finden, was sowohl der Gesundheit förderlich als auch nahrhaft ist.«

»Zum Beispiel?«

»Für deine Augen solltest du frische junge Möhren und möglichst viel junges Gemüse zu dir nehmen. Und ich bin sicher, es gibt hier auch Erbsen, Weißkohl, Spinat und viele andere Gemüsesorten.«

»Ich nehme an, ich esse diese Sachen bereits.«

»Aber nicht in großen Mengen, und vor allem nicht roh, vermute ich.«

Saska stockte. Dann fuhr sie fort:

»Ich würde vorschlagen – falls du nicht glaubst, daß es deine Großmutter kränken könnte – daß die Köchin dir Möhrensaft zubereitet. Außerdem solltest du bei jedem Essen viele verschiedene Salate zu dir nehmen. Und zu einer der Mahlzeiten nichts anderes als nur frisches Gemüse.«

Der Duke lachte.

»Willst du etwa behaupten, diese Alltagskost sei besser als die Pillen und Tropfen, die die Ärzte mir verschrieben haben?«

»Ich möchte das eine nicht gegen das andere ausspielen«, sagte Saska leise. »Aber alle Gemüsesorten hat Gott erschaffen. Deshalb sind sie rein und von einer Qualität, die aus der Erde stammt und nicht aus der chemischen Fabrik.«

»Woher weißt du das alles?« fragte der Duke unerwartet. »Hast du ein Buch darüber gelesen, das gerade in Mode ist, oder hast du diese Dinge nur erfunden, um mich aufzumuntern und meine Depressionen zu vertreiben?«

»Jetzt kannst du nicht sehen und also auch nicht beurteilen, ob ein Mensch die Wahrheit sagt oder nicht. Du mußt deshalb deinen Instinkt benutzen, und das ist etwas, was wir alle vernachlässigen.«

»Soll das heißen, du verlangst von mir, mein Instinkt müßte so ausgeprägt sein, daß ich den Charakter eines Menschen erkenne, ohne ihn vor mir zu sehen?«

»Natürlich, das meine ich. Du kannst ihn am Ton seiner Stimme erkennen und vor allem an dem, was du fühlst, wenn er in deiner Nähe ist.«

»Da könnte ich mir bessere Möglichkeiten vorstellen.«

Bei diesen Worten streckte der Duke die Hand aus und verlangte:

»Laß mich dich anfassen. Ich glaube, das ist fast genauso, wie wenn ich dich anschaue. Wenn ich dich berühre, werde ich wissen, ob du die Wahrheit sagst oder nicht.«

Saska verkrampfte sich.

Was war, wenn er sie berührte und ein Instinkt ihm sagte, daß sie nicht die war, als die sie sich ausgab?

Hätte sie sich doch nie auf diese Art von Unterhaltung eingelassen!

Das alles paßte doch gar nicht zu Deirdre!

Deirdre wußte nichts über die Griechen, nichts über natürliche Heilungsmethoden und nichts über gesunde Ernährung.

Ich habe mich sehr töricht verhalten, sagte sie sich in einem Anflug von Panik.

Doch dann wurde ihr klar, daß sie nicht anders hatte handeln können, denn in ihr war der Wunsch, alles zu tun, damit der Duke wieder gesund wurde.

Das, was sie zu ihm gesagt hatte, war genau der richtige Rat für ihn gewesen. Ihre Mutter hätte nichts anderes vorgeschlagen.

Da er wartete und seine Hand mit der Handfläche nach oben auf der Bettdecke lag, legte sie ihre Finger hinein – zögernd und mit pochendem Herzen.

Dabei fühlte sie wie am Tag zuvor ein leises Beben, das durch ihren ganzen Körper zu laufen schien.

Das kommt wohl daher, daß er so stark und eine so überwältigende Persönlichkeit ist, dachte sie.

Doch gleichzeitig spürte sie, wie ihre Furcht wuchs und ihre Finger noch stärker zu zittern begannen.

»Mein Instinkt sagt mir«, sagte der Duke langsam, »daß ich dir vertrauen kann.«

»Das macht mich froh«, antwortete Saska. »Es hätte mich sehr aufgeregt, wenn du glaubtest, ich würde dich belügen.«

Die Hand des Duke schloß sich fest um die ihre.

»Ich glaube, es wäre nicht einfach für dich zu lügen«, sagte er. »Und wenn du es versuchen würdest, fiele es bestimmt jedem auf, der dich näher kennt oder dich – liebt.«

Saska hielt den Atem an.

»Warst du schon einmal verliebt?« fragte der Duke.

»Nein – noch nie!«

Bei diesen Worten überlegte sie, ob es richtig war, das zu sagen. Ob sie nicht besser noch hinzufügen sollte »... außer in dich?«

Doch die Worte des Duke bewogen sie, bei der Wahrheit zu bleiben.

Dennoch verspürte sie den Wunsch, ihrer Antwort die Schärfe zu nehmen, und so fügte sie leise hinzu:

»Natürlich sprechen wir von der Vergangenheit.«

»Ja, selbstverständlich«, stimmte der Duke zu. »Ich bin sehr froh, daß du noch nie verliebt warst – ausgenommen in mich.«

Ganz unvermittelt war wieder dieser zynische Klang in seiner Stimme, bei dem sich Saska so unbehaglich fühlte. Deshalb entzog sie ihm schnell die Hand und sagte, um das Thema zu wechseln:

»Gibst du meinen Vorschlägen eine Chance? Denkst du an das Licht? An das Licht, an das die Griechen glaubten und das alles heilt, was mit ihm in Berührung kommt? Wirst du all die Gemüse essen und die Säfte trinken, die ich dir genannt habe? Das heißt, falls ich die Köchin deiner Großmutter dazu überreden kann, alles frisch für dich zuzubereiten? Glaube mir, ich bin ganz sicher, daß es dich gesund machen wird!«

»Gut, wenn es dir Freude bereitet, werde ich es mit deinen ziemlich unorthodoxen Methoden versuchen«, antwortete der Duke. »Und wenn ich auf diesem normalen Weg gesund werden sollte, gebührt dir allein das Verdienst.«

»Nein«, widersprach Saska. »Das Verdienst gebührt dir, wie ich dir eben erklärt habe.«

Sie diskutierte mit ihm, wie sie mit ihrem Vater diskutiert haben würde, wenn es darum ging, wer in einem Streitgespräch die besseren Argumente hatte.

Saska hatte solche Gespräche immer genossen, denn sie waren in ihrem sonst so ruhigen Leben die einzige Abwechslung gewesen.

Nun sagte der Duke ohne diesen spöttischen Unterton in der Stimme:

»Und was hat dich dein Studium der Griechen sonst noch gelehrt?«

»Ich glaube, jeder, der in der Schule mit der Welt der Griechen in Berührung gekommen ist, weiß, daß sie die Menschheit das Denken gelehrt haben. Es waren die Griechen, die den Menschen dazu brachten, sein Leben in die eigene Hand zu nehmen. Es war Sokrates, der die Grenzen des Denkens weiter hinausgeschoben hat, als dies irgendein anderer vor ihm und nach ihm zu tun vermochte.«

Wieder sprach Saska so, wie sie es mit ihrem Vater getan hätte. Erst als sie verstummte, wurde ihr bewußt, daß der Duke überrascht und auch ein wenig verwirrt war.

Ich habe wieder einen Fehler gemacht, dachte sie unglücklich.

So würde Deirdre niemals reden. Wenn ich so fortfahre, wird er Verdacht schöpfen und vermuten, daß ich nicht das Mädchen bin, mit dem er verlobt ist – und das würde zu einer Katastrophe führen.

Es kostete sie Überwindung, ihrer Stimme einen leichten Tonfall zu geben und zu sagen:

»Aber genug davon. Ich habe dir nämlich etwas Aufregendes zu berichten.«

»So, was denn?«

»Dein Pferd hat am Montag das dritte Rennen in Newmarket gewonnen.«

»Wie, um alles in der Welt, kannst du das wissen?« fragte der Duke. »Mir hat das noch niemand gesagt.«

»Ich vermute, die Zeitungen sind hier noch nicht eingetroffen. Oder du hast noch nicht verlangt, daß man sie dir vorliest. Ich weiß es aus den ›Sporting News‹, die ich gestern im Zug gelesen habe.«

Da der Duke nicht antwortete, fügte sie rasch hinzu:

»Wie dumm von mir, sie nicht mitgebracht zu haben!«

»Jetzt, wo du mich daran erinnerst, fällt mir auf, daß seit meinem Unfall niemand mehr die Zeitungen erwähnt hat«, sagte der Duke. »Ich nehme an, dies ist ein weiterer Versuch, mich ruhig zu halten. Läute nach Tomkins! Ich werde Anweisung geben, daß mir umgehend alle Sportzeitungen gebracht werden.«

Er sprach so laut, daß Saska sagte:

»Wenn du so heftig sprichst, wird deine Großmutter – und wie ich glaube, auch Tomkins – sehr böse auf mich sein, weil ich dich aufgeregt habe«.

»Ich bin nicht aufgeregt!« ereiferte sich der Duke.

»Well, wie auch immer du es nennen magst, du verhältst dich nicht im Sinne deiner Ärzte.«

»Ich denke, du bist jetzt mein Arzt. Schließlich hast du dir diese Position doch angeeignet.«

Saska lachte.

»Jetzt erschreckst du mich. Wenn du so weitermachst, bin ich fast sicher, daß deine Großmutter mich mit dem nächsten Zug nach Hause schickt.«

Der Duke lächelte, und sie dachte, wenn seine Augen unbedeckt wären, würde dieses Lächeln den Ausdruck seines Gesichts völlig verwandeln.

»Das ist etwas«, sagte er, »das unter allen Umständen zu verhindern ist! Soll ich dir verraten, daß ich es nicht nur genieße, dich hier zu haben, sondern daß ich verblüfft darüber bin, einer Frau begegnet zu sein, die völlig anders ist, als ich sie mir vorgestellt habe.«

»Ich hoffe nur, du bist nicht allzusehr – enttäuscht«, bemerkte Saska.

»Ich war bisher der Meinung – und ich gestehe, es war albern von mir –, du wärst nur an den Vergnügungen Londons interessiert. An den Empfängen bei Hof und vor allem an den Bällen, auf denen du zweifellos immer die Schönste von allen bist.«

Fieberhaft überlegte Saska, was sie darauf erwidern sollte. Dann sagte sie betont unbekümmert:

»Da wir hier im Schloß keinen Ball veranstalten können, hielt ich es für eine gute Idee, zur Abwechslung einmal unsere sonstigen Interessen zu pflegen. Natürlich bist du brennend an allem interessiert, was mit Pferden zu tun hat, wie ich weiß.«

»Ich dachte immer, du wärst auf Rennen nicht sonderlich versessen, ausgenommen vielleicht das Royal Ascot. Und wenn ich mich recht erinnere, bist du in London nie ausgeritten.«

»In London gab's stets so viele andere Dinge zu tun«, erwiderte Saska schnell. »Und außerdem hörte ich, daß du morgens immer sehr früh ausreitest, wenn der Park noch menschenleer ist.«

Dies war eine kühne Behauptung. Doch als habe das Streitgespräch mit dem Duke ihren Geist beflügelt, erinnerte sie sich an eine Bemerkung ihrer Mutter, die ihr oft genug erzählt hatte, welch ein Vergnügen es für sie als junges Mädchen gewesen war, morgens in aller Frühe durch den Hyde Park zu reiten.

»Und viele junge Männer machten es genauso«,

hatte Lady Margaret gesagt, »denn so früh am Morgen war es noch nicht so schrecklich voll im Park.«

»Du scheinst wohl für alles eine Erklärung zu haben«, versetzte der Duke. »Aber ich bin fasziniert davon, ständig neue Seiten deines Wesens zu entdecken, von denen ich nie gewußt habe, daß es sie gibt.«

Er lächelte, bevor er hinzufügte:

»Du hast mich tatsächlich zum Nachdenken gebracht, und das war ja wohl die erste Lektion, die dein Patient zu lernen hatte.«

Saska krauste die Nase.

»Ich meine, das klingt viel zu prosaisch für einen so bemerkenswerten Mann wie dich«, sagte sie. »Es würde besser zu dir passen, wenn man dich mit einem verwundeten Krieger vergliche – oder mit einem Ritter in glänzender Rüstung, der mit einem Drachen gekämpft hat.«

Sie lachte, als sie hinzusetzte:

»Es ist gar nicht so schwer, im Dunkel eines Tannenwaldes an die Existenz von Drachen zu glauben. Genausowenig wäre ich überrascht, wenn auf dem Grund des Loch Conna Nymphen und Sirenen lebten.«

»Ich muß gestehen, daß ich nie eine gesehen habe«, erwiderte der Duke. »Drachen dagegen sind schon etwas anderes. Oder vielleicht bevorzugst du die Gespenster und Geister, von denen es in jeder Highland-Spukgeschichte, die auf einem Schloß spielt, nur so wimmelt.«

»Wenn es eine Spukgeschichte über Strathconna Castle gibt, würde ich sie schrecklich gerne lesen.«

»Ich würde meinen, als erstes solltest du mir die

Geschichte meines Pferdes vorlesen, das in Newmarket gewonnen hat. Und da ich dir hiermit mein Ehrenwort gebe, mich nicht aufzuregen, solltest du dich vielleicht herablassen, meinem Diener zu läuten, damit man mir endlich die Zeitungen bringt.«

»Ich tue alles, was du wünschst«, erwiderte Saska. »Aber bitte, gib meinen Vorschlägen eine Chance, und denke daran, daß Unruhe, Anspannung und Gereiztheit, vor allem aber Verärgerung und Zorn extrem schädlich für dich sind und unter allen Umständen vermieden werden müssen.«

Der Duke lachte.

»Nie«, begann er dann, »hätte ich mir vorstellen können, daß sich das schönste Mädchen, das ich jemals gesehen habe, in eine Hexe verwandeln würde. Denn das ist es, was du in Wirklichkeit bist. Vor hundert Jahren wärst du in Schottland auf dem Scheiterhaufen verbrannt worden.«

»Ich habe davon gelesen, wie grausam man hierzulande mit den sogenannten Hexen umgegangen ist«, sagte Saska. »Aber ich möchte jetzt nicht daran erinnert werden.«

»Kehrst du immer alles Unangenehme einfach unter den Teppich?« fragte der Duke. »Das ist nicht eben die praktischste Art und Weise, den Problemen des Lebens zu begegnen.«

Saska gab ihm keine Antwort, und er lachte wieder.

»Ich weiß genau, was du denkst und was du sagen willst: Wenn du Negatives denkst, bewirkst du auch Negatives. Aber ich bin sicher, daß die Grausamkeiten der Vergangenheit heute ihre Wirkung verloren haben.«

»Darauf werde ich dir nicht antworten, weil du die

Antwort bereits kennst«, erwiderte Saska. »Möchtest du wirklich, daß ich die Zeitungen kommen lasse?«

»Weichst du mir jetzt aus, oder weshalb wechselst du das Thema?«

Saska erschrak über seinen Scharfsinn.

Oder spürte er ihre Angst?

Er konnte Verdacht geschöpft haben, weil alles, was sie gesagt hatte, so gar nicht zu Deirdre paßte. Vielleicht kam es ihm deshalb sehr rätselhaft vor.

Sie glaubte, vor der Tür ein Geräusch zu hören. Ohne ein weiteres Wort erhob sie sich und öffnete.

Wie erwartet, stand Tomkin in der Diele. Er hielt ein Tablett in den Händen, auf dem ein Kännchen, eine Tasse und eine Untertasse standen.

»Ich wollte Sie gerade bitten, für Seine Gnaden die Zeitungen zu holen«, sagte Saska.

»Natürlich, M'lady. Ich bringe Seiner Gnaden nur eben das Frühstück.«

»Was ist es denn?« fragte der Duke.

»Nur was Kräftiges, wie die Köchin meint, Euer Gnaden.«

»Wenn es die gleiche Brühe ist, die ich gestern hatte, kannst du sie wieder mitnehmen!« erklärte der Duke.

»Ich habe eine bessere Idee«, mischte sich Saska ein. »Bitte, sagen Sie der Köchin, sie möchte ein halbes Glas Möhrensaft mit der gleichen Menge Selleriesaft mischen, etwas Salz und Pfeffer hineingeben und alles sorgfältig umrühren.«

»Das hört sich aber reichlich seltsam an für 'nen Drink«, erlaubte sich Tomkins zu bemerken.

»Seine Gnaden hat sich einverstanden erklärt, es einmal zu probieren. Ich bin überzeugt, es wird ihm guttun.«

Tomkins Blick wanderte zum Bett des Duke hinüber. Und als ahnte dieser die Reaktion seines Dieners, sagte er:

»Vorwärts, Tomkins, tu, was man dir aufträgt!«

»Sehr wohl, Euer Gnaden«, antwortete Tomkin resigniert.

Er verließ den Raum, und Saska ließ ein leises Lachen hören.

»Glaubst du, die Küche wird in den Streik treten?« fragte sie. »Ich bin sicher, in Schottland mag man Neuerungen noch weniger als zu Hause.«

»Was geht das mich an!« entgegnete der Duke. »Mich interessiert nicht der Geschmack anderer Leute, sondern ausschließlich mein eigener. Ich habe sowieso den Verdacht, daß alles, was gut für mich ist, beinahe ungenießbar ist.«

»Das ist aber eine sehr engstirnige Betrachtungsweise, würde ich sagen.«

Sie kamen richtig in Fahrt, und es bereitete den beiden eine diebische Freude, ihre Argumente wie Klingen zu kreuzen.

Überrascht hielten sie inne, als sie das Geräusch einer sich öffnenden Tür hörten und Tomkins mit einem Glas Gemüsesaft erschien.

»Die Köchin sagt, man habe sie in ihrem Leben schon um die sonderbarsten Dinge gebeten, aber noch nie habe jemand rohes Gemüse von ihr verlangt, das er trinken wollte.«

Saska kicherte.

»Ich dachte mir, daß es einen Aufstand geben würde.«

»Ich werde es einmal probieren«, erklärte der Duke. »Aber ich kann nicht versprechen, daß ich mehr als einen oder zwei Schlucke davon hinunterbringe – wenn es so schmeckt, wie ich befürchte.«

Tomkins gab ihm das Glas in die Hand, und der Duke setzte es an die Lippen.

Er nahm einen winzigen Schluck. Dann – als wäre das Getränk doch nicht völlig ungenießbar – nahm er einen zweiten und einen dritten.

Erst nachdem er das Glas halb geleert hatte, sagte er:

»Ich muß zugeben, es schmeckt nicht ganz so entsetzlich, wie ich angenommen habe.«

»Ich begreife nicht, weshalb du nicht die Großmut aufbringst und zugibst, daß du es sogar sehr schmackhaft findest.«

»Na schön, es schmeckt mir«, gestand der Duke.

Saska schlug vor Entzücken die Hände zusammen.

»Bitte, Tomkins«, sagte sie. »Sorgen Sie von jetzt an dafür, daß Seine Ganden täglich drei Gläser von diesem Saft bekommt – eins am Morgen, eins nach dem Luncheon und eins am Abend.«

»Sehr wohl, M'lady«, erwiderte Tomkin indigniert. »Aber ich bin sicher, man wird unten denken, daß mit Seiner Gnaden irgendwas nicht mehr stimmt.«

Er nahm das leere Glas, das der Duke ihm hinhielt, und verließ das Zimmer.

Als Saska in helles Lachen ausbrach, stimmte der Duke nach kurzer Zeit ein – befreit und erleichtert, wie es schien.

4

Saska brauchte eine lange Zeit, bis sie das richtige Abendkleid ausgewählt hatte, das sie zum Dinner tragen würde.

Jedesmal wenn sie den Kleiderschrank öffnete und die Fülle der herrlichen Kleider sah, vermochte sie kaum zu glauben, daß sie wirklich ihr gehörten.

Nach den vielen Jahren, in denen sie nur die einfachen Leinensachen, von Nanny genäht, getragen hatte, begriff sie immer noch nicht, daß sie über Nacht die Besitzerin märchenhaft schöner Gewänder geworden war.

Aber nicht nur die Kleider waren märchenhaft, ihr ganzes Leben glich im Augenblick einem Märchen. Und sogar das Märchenschloß und der Prinz fehlten darin nicht.

Manchmal lag sie abends wach in ihrem Bett und fragte sich angstvoll, was sie wohl fühlen würde, wenn sie wieder im Vikariat lebte und wußte, daß sie den Duke nie mehr wiedersehen konnte.

Und was noch viel schlimmer war – nicht einmal mit ihrem Vater würde sie über die Zeit, die sie auf dem Schloß verbracht hatte, reden können.

Später vielleicht einmal, wenn der Duke und Deirdre verheiratet waren, würde sie sich ihm anvertrauen und berichten, was wirklich geschehen war. Sie wußte, er würde bekümmert sein über ihren Betrug. Und unter Umständen war es sogar ein Fehler, ihn damit zu beunruhigen.

Er hatte sowieso schon so viele Sorgen.

Saska seufzte leise. Doch was sollten diese Gedanken!

Im Augenblick befand sie sich auf Strathconna Castle und nicht im Vikariat von Little Langworth.

Little Langworth lag weit, weit von hier entfernt. Was ihre Aufmerksamkeit in diesem Augenblick gefangennahm, war die in allen Farben des Regenbogens leuchtende Reihe von Kleidern und die Frage, welches davon sie an diesem Abend anziehen sollte.

Wenn sie dem Duke erzählte, was sie gemacht hatte, oder wenn sie ihm beschrieb, wie das Wetter draußen war, pflegte er sie zum Schluß stets zu fragen, was sie für ein Kleid trug.

Saska hatte keine Ahnung, daß in ihrer Stimme immer ein leicht verzückter Ton lag, wenn sie ihm ihr Äußeres beschrieb, und daß ihn dies gleichermaßen faszinierte wie verblüffte.

An diesem Abend hatte er, bevor sie in ihr Schlafzimmer ging, um sich umzukleiden, gesagt:

»Ich weiß, Großmama geht immer sehr früh zu Bett. Deshalb könntest du nach dem Dinner noch einmal vorbeikommen, um mir gute Nacht zu sagen. Du mußt mir dann auch unbedingt das Kleid beschreiben, das du trägst, damit ich es mir vorstellen kann.«

Saska lachte, bevor sie erwiderte:

»Obwohl du dir vieles vorstellen kannst und mit deiner Intuition oft erstaunlich richtig liegst, dürfte es meiner Meinung nach schwierig für dich sein, die

Farbe meines Kleides zu erraten oder das Material, aus dem es gemacht ist.«

»An deiner Stelle wäre ich da gar nicht so sicher«, erwiderte der Duke. »Unter Ihrer Anleitung, Frau Lehrerin, entwickle ich überraschende intuitive Fähigkeiten, die allerdings an einem Punkt völlig versagen – nämlich wenn es sich darum handelt, herauszufinden, was in deinem hübschen Köpfchen vorgeht.«

Saskas Haltung spannte sich. Dann sagte sie hastig, ohne über ihre Erwiderung nachzudenken:

»Ich hoffe, das ist nicht wahr.«

»Warum?« fragte der Duke. »Warum willst du nicht zugeben, daß du Angst hast, ich könnte deine Gedanken lesen?«

Saska wurde sich bewußt, daß sie einen Fehler begangen hatte. Hastig sagte sie:

»Ich meine, die Gedanken eines Menschen sollten immer nur ihm allein gehören.«

»Unsinn!« erwiderte der Duke. »Gemäß deiner Lebensphilosophie, die natürlich sehr griechisch ist, wird der Mensch das, was er denkt. Daraus folgt, daß deine Gedanken auch für mich von außerordentlicher Wichtigkeit sind, denn was du heute denkst, das bist du morgen.«

Saska lachte ein wenig unbehaglich.

»Du zitierst bloß das Buch, das ich dir gestern vorgelesen habe.«

»Warum nicht?« meinte der Duke. »Ich habe dir aufmerksam zugehört und fand es erstaunlich, wieviel gesunder Menschenverstand daraus sprach.«

Da es sich bei dem Buch um ein Werk ihres Vaters handelte, sagte sich Saska, es sei höchste Zeit, das Thema zu wechseln.

Deshalb entgegnete sie hastig:

»Ich glaube, es ist Zeit, mich umzuziehen. Deine Großmutter wird ungehalten sein, wenn ich zu spät zum Dinner erscheine.«

»Du hast noch Zeit«, sagte der Duke ungerührt. »Im übrigen hege ich den Verdacht, du läufst vor mir davon, obwohl ich nicht begreife, wieso.«

Saska wußte nicht, was sie ihm antworten sollte.

Eine ähnliche Situation hatte es schon einmal zwischen ihnen gegeben. Saska hatte sich mit dem Duke unterhalten und plötzlich das Gefühl gehabt, sich auf ganz dünnem Eis zu bewegen.

Wenn sie ihm aus der Zeitung oder aus dem Buch ihres Vaters vorlas, machte er manchmal einen Einwurf, und sie ertappte sich dann jedesmal dabei, daß sie ihm so antwortete, wie sie es tat, wenn sie mit ihrem Vater diskutierte.

Da es sich gewöhnlich um Themen handelte, die ihr etwas bedeuteten und von denen sie Ahnung hatte, vergaß sie oft, daß sie in der Unterhaltung mit dem Duke wie Deirdre zu sprechen hatte und nicht wie sie selbst.

Dies war um so verräterischer, weil sie wußte, daß ihre Cousine sich für viele dieser Dinge gar nicht interessierte und überhaupt nicht in der Lage gewesen wäre, den Gedankengängen des Duke zu folgen.

Saska hatte daher beschlossen, auf Nummer Sicher zu gehen und sich künftig an Themen allgemeiner Art zu halten, wie zum Beispiel die Debatten im Oberhaus oder die Sieger der Rennen, die im Sportteil veröffentlicht wurden.

Aber auch diese Themen bargen gewisse Gefahren in sich.

»Woher hast du all diese Kenntnisse über die Pferde meiner Freunde im Jockey Club?« hatte der Duke sie einmal gefragt.

»Ob sie gewinnen oder nicht, ist für meinen Papa manchmal sehr wichtig«, erwiderte Saska.

Bei diesen Worten dachte sie an die vielen Leute im Dorf, die ihre bitter verdienten Shillinge auf ihre Lieblingspferde setzten und für die ihr Vater dann oft tief in die Tasche greifen mußte, damit die Kinder des Dorfes nicht verhungerten, weil die Erwachsenen auf das falsche Pferd gesetzt hatten.

Er behauptete natürlich immer, die Gelder stammten aus der Kirchenkasse. Da Saska jedoch wußte, daß diese an chronischer Schwindsucht litt, bedeutete dies, daß sie für die nächsten Tage die Gürtel wieder einmal enger schnellen und die dringend benötigten Anschaffungen und Arbeiten fürs Haus erneut um Wochen zurückgestellt werden mußten.

Daran also dachte sie, als der Duke trocken bemerkte:

»Ich kann nicht verstehen, daß ein so reicher Mann wie dein Vater abhängig davon ist, welches Pferd als erstes ins Ziel geht oder welche Karten er am Kartentisch bekommt.«

Zu spät fiel es Saska ein, daß ihr Onkel kaum einmal wettete und erst recht nicht als Spieler bezeichnet werden konnte.

Eine kurze Pause entstand, bevor sie etwas lahm antwortete:

»Ich glaube, jeder ist gern ein Sieger.«

»Das stimmt«, gab der Duke zu. »Aber deine Worte klangen eben so, als wäre es von allergrößter Wichtigkeit in deinem Leben, wer das Derby oder das Grand National Steeplechase gewinnt.«

Weil Saska darauf keine plausible Antwort wuße, sagte sie:

»Das ist das Rennen, das ich wirklich gern einmal besuchen möchte, obgleich es qualvoll für mich wäre, zuzusehen, wie die Pferde an den Hindernissen stürzen und sich schlimme Verletzungen zuziehen.«

»Was gehen dich die Pferde an?«

»Ich liebe Pferde«, erwiderte Saska einfach. »Ich glaube, es gibt nichts Aufregenderes, als ein edles Pferd zu reiten und das Gefühl zu haben, man fliege auf ihm dahin wie der Wind.«

Sie dachte an die Pferde ihres Onkels, die sie reiten durfte, als sie noch gemeinsam mit Deirdre auf Hall Schulunterricht erhielt, und daran, wie hart es später war, sich mit dem lahmen alten Klepper zu begnügen, der den Zweiräder ihres Vaters zog, während die Ställe des Großen Hauses voll prächtiger Rassepferde waren, die kaum einmal jemand von der Familie zum Ausritt holte.

»Nun, sobald wir verheiratet sind, werden dir die edelsten Pferde zur Verfügung stehen, die es gibt«, sagte der Duke.

»Das würde schöner sein, als ich es in Worten ausdrücken kann«, antwortete Saska.

Einen Moment lang gab sie sich dem Traum hin, sein Versprechen ginge in Erfüllung. Sie stellte sich vor, wie es wäre, wenn sie an seiner Seite über die Felder galoppierte, als er bemerkte:

»Bevor du herkamst, hatte ich den Eindruck, du wärest mehr am Tanzen interessiert als am Reiten.«

»Ich würde sagen, beides ist schön.«

»Natürlich«, gab der Duke zu. »Aber ich bin gespannt darauf, zu sehen, welche Figur du als Reiterin abgibst.«

Saska holte tief Luft.

Zu spät erinnerte sie sich daran, daß Deirdre, obwohl eine vorzügliche Reiterin, nie ein Risiko eingegangen war und sich stets geweigert hatte, über eine Hecke zu springen.

»Und wenn ich stürze und mir das Gesicht verletze?« hatte Deirdre einmal zu Saska gesagt. »Ich kenne ein Mädchen in meinem Alter, das bei einem Jagdrennen gestürzt ist und sich die Nase gebrochen hat. Das ist etwas, was mir nie passieren wird. Das hab' ich mir jedenfalls vorgenommen.«

Und aus diesem Grund bestand sie darauf, immer das ruhigste und wohlerzogenste Pferd zu reiten. Außerdem ritt sie nie schneller als im Trab.

Es gab noch viele andere Themen, bei denen Saska ins Schwimmen geriet und befürchten mußte, der Duke könnte sie als Schwindlerin entlarven.

Zum Glück wußte sie genau, daß ihre Cousine und der Duke trotz ihrer Heiratsabsichten bisher nur wenig Zeit allein miteinander verbracht hatten.

Meist waren sie sich nur auf Ballveranstaltungen und bei Empfängen in London begegnet. Nur ein einziges Mal hatte Deirdre das Haus des Duke in Buckinghamshire besucht, und das lediglich für drei Tage, als dort eine große Hausparty stattfand.

Überhaupt hatte Saska den Eindruck, daß es sich bei den beiden nicht um eine Liebesheirat handelte.

Auf seiten des Duke schien es vor allem zwei Gründe für die Ehe mit Deirdre zu geben.

Er hielt sie, wie Deirdre ihr gesagt hatte, für das schönste Mädchen, das er kannte, und er selbst hatte Saska gegenüber den zweiten Grund mit den Worten benannt: »Nächstes Jahr werde ich dreißig. Die Familie drängt mich schon seit Jahren, ich solle endlich heiraten.«

»Und genau das hast du nie gewollt, nicht wahr?« fragte Saska.

»Um ehrlich zu sein, ich haßte den Gedanken«, gestand der Duke. »Doch ich habe keine Brüder, und wenn mir etwas zustoßen sollte, ginge der Herzogstitel an einen unbekannten Vetter, der über sechzig ist und vier Töchter in die Welt gesetzt hat.«

Saska dachte, wie unangenehm es sein mußte, der Inhaber eines bedeutenden Titels zu sein und deshalb unter dem Zwang zu stehen, eine Ehe eingehen zu müssen, nur damit die Erbfolge gesichert war.

Sie wußte, wie sehr ihr Onkel darunter litt, daß er eine Tochter und keinen Sohn hatte. Und sie erinnerte sich daran, wie ihre Mutter einmal gesagt hatte, ihr Bruder tue ihr leid, weil er ohne einen männlichen Erben sei.

»Habt ihr, du und Papa, es bedauert, daß ich ein Mädchen bin?« hatte Saska gefragt.

Ein Lachen war die Antwort gewesen.

»Wir sind sehr stolz auf unsere schöne Tochter und lieben sie über alles«, hatte Lady Margaret dann gesagt.

Saska hatte ihr geglaubt. Erst als sie älter wurde, begriff sie, daß Söhne nur ein Problem der reichen Familien waren, die für ihren Besitz einen Erben brauchten.

Und sie hatte auch begriffen, daß es der Fortbestand dieses Besitzes war, der die reichen Junggesellen am Ende doch noch in die Ehe trieb. Mit Liebe hatte solch eine Verbindung oft wenig zu tun. Sie brauchten einen Stammhalter, dem sie vererben konnten, was von einer Generation auf die andere weitergegeben worden war.

Der Duke unterbrach ihre Gedanken.

»Du bist auf einmal so still. Woran denkst du?«

»Ich dachte, daß arrangierte Hochzeiten entsetzlich und unnatürlich sind«, antwortete sie wahrheitsgemäß.

Sie wußte, wenn sie seine Augen hätte sehen können, würde sie einen Ausdruck des Erstaunens in seinem Blick bemerkt haben.

»Aber das ist in allen Königshäusern Europas der Fall – und auch in den meisten Adelsfamilien.«

»Ja, ich weiß«, räumte Saska ein.

»Aus diesem Grund bin ich ja so froh, daß du mich – wie ich annehmen möchte – auch heiraten würdest, wenn ich einfach nur Mister Silchester wäre und kein Duke.«

Saska holte tief Luft.

Sie glaubte, daß Deirdre Lord Gerard liebte und keine Sekunde lang daran gedacht hätte, den Mann vor ihr im Bett mit dem Verband um die Augen zu heiraten, wenn er nicht ein Duke, und zwar ein außergewöhnlich reicher Duke gewesen wäre.

Der Duke streckte ihr die Hand hin, den Handteller nach oben.

»Das stimmt doch, nicht wahr?« fragte er.

Da Saska glaubte, das Rechte zu tun, legte sie ihre Hand in die seine – allerdings ein wenig zögernd.

»Ja«, flüsterte sie. »Ja, natürlich.«

Weils es nicht der Wahrheit entsprach und sie eine schreckliche Angst verspürte, zitterte ihre Stimme, und ihre Finger bebten in der Hand des Duke.

»Was ist?« fragte er. »Du hast mir gesagt, du liebst

mich um meiner selbst willen, und ich habe dir geglaubt. Hast du deine Meinung geändert?«

»Nein, nein«, rief Saska hastig. »Natürlich nicht!«

Da sie Furcht hatte vor dem, was er denken mochte, erhob sie sich und sagte:

»Du sollst dir wegen nichts Sorgen machen! Das ist der Wunsch deiner Ärzte.«

»Ich mache mir keine Sorgen«, entgegnete er, ohne ihre Hand loszulassen, so daß sie gezwungen war, an seinem Bett stehenzubleiben. »Ich möchte nur die Bestätigung, daß das, was du mir in London gesagt hast, die Wahrheit ist. Daß du mich als Mann liebst und nicht meine gesellschaftliche Stellung und meine Besitztümer.«

»Ich kann nicht einsehen, weshalb du der Meinung bist, daß sich die Gefühle, die ich in London für dich empfand, geändert haben sollten, nur weil wir nun in Schottland sind.«

»In London war kaum Zeit, um in Ruhe miteinander zu reden«, erwiderte der Duke. »Jetzt aber haben wir diese Zeit, und wir sind allein. Deshalb wüßte ich gern, was du von der Liebe hältst und natürlich auch von – mir.«

Nur mit Mühe brachte Saska ein leises Lachen zustande.

»Nun willst du Komplimente von mir hören«, sagte sie leichthin. »Und ich habe immer geglaubt, Komplimente interessierten nur Frauen und nicht Männer.«

»Es hängt ganz davon ab, wer sie macht«, antwortete der Duke. »Was denkst du von mir als Mann?«

Weil es unmöglich war, ihre Hand aus seinem Griff zu befreien, nahm Saska wieder auf dem Stuhl Platz.

»Möchtest du die Wahrheit wissen oder das, was du gerne hören willst?«

»Das ist eine dumme Frage«, erwiderte der Duke. »Selbstverständlich will ich die Wahrheit wissen.«

Seine Hände waren stark, und er hielt ihre Hand unentrinnbar fest. Hinzu kam, daß seine Stimme einen zwingenden Klang angenommen hatte und etwas von ihm zu ihr überströmte, dem sie sich nicht entziehen konnte. Und so ertappte sich Saska dabei, daß sie ihm sagte, was sie fühlte, und ihre Rolle als Deirdre Lang völlig vergessen zu haben schien.

»Ich glaube«, begann sie langsam, »du weißt sehr gut, daß du eine bedeutende Persönlichkeit bist, und du bist davon überzeugt, ein Recht auf gesellschaftliche Anerkennung zu haben. Doch abgesehen davon verfügst du über einen außergewöhnlich scharfen Verstand, den du jedoch entweder ignorierst oder zu benutzen vergißt.«

Die Finger des Duke verstärkten den Griff um ihre Hand. Er schien in höchstem Maße erstaunt zu sein.

»Was willst du damit sagen?« fragte er.

»Du wolltest die Wahrheit von mir hören«, antwortete Saska leise. »Und ich bin der Meinung: Obwohl du ein hervorragender Pferdesportler bist und unter deinen Freunden eine unbestrittene Führerposition einnimmst, verfügst du über eine ganze Reihe von Fähigkeiten und Gaben, die du weder beachtest noch überhaupt je entdeckt hast.«

Sekundenlang herrschte Stillschweigen zwischen ihnen.

Dann sagte der Duke:

»Ich bin natürlich gespannt, zu hören, welche Fähigkeiten und Gaben das sind.«

»Ich denke, ich habe genug gesagt«, erwiderte Saska. »Du wirst selbst herausfinden, was ich meine.«

»Nein, das ist keine Antwort«, widersprach der Duke. »Du hast mich auf eine Art und Weise herausgefordert, wie es noch nie zuvor jemand getan hat. Und deshalb bestehe ich darauf, daß du deutlicher wirst und mir konkret sagst, wo ich gebraucht werde oder man meine Dienste erwartet.«

»Das – habe ich nicht gesagt.«

»Aber gemeint.«

Unglücklich erkannte Saska, daß sie zu weit gegangen war.

Aber etwas im Duke schien sie zu zwingen, die Wahrheit zu sagen. Sie mußte Farbe bekennen. Auf keinen Fall konnte sie sich nach einer solchen Unterhaltung in die Rolle zurückziehen, die sie ihm bisher vorgespielt hatte.

»Ich glaube, ich bin sehr unverschämt gewesen«, meinte sie schließlich. »Bitte, vergib mir. Meine einzige Entschuldigung für dieses Verhalten ist wohl, daß ich es nicht gewöhnt bin, mit einem Mann wie dir allein zu sein.«

»In London hat das aber ganz anders ausgesehen«, erwiderte der Duke. »Doch Schwamm drüber! Jedenfalls werde ich nun, da es soweit gekommen ist, nicht zulassen, daß du plötzlich einen Rückzieher machst. Ich möchte, daß du mir ganz konkret erklärst, was du mit deinen Worten gemeint hast!«

»Na gut«, antwortete Saska beinahe trotzig. »Aus unseren Unterhaltungen habe ich den Eindruck gewonnen, daß du über einen sehr wachen und kritischen Verstand verfügst. Aber wie viele andere Leute deiner Herkunft gebrauchst du nur ein Zehntel davon, und das erstreckt sich ausschließlich auf materielle Dinge, die zwar recht amüsant sein mögen, dein wahres Selbst jedoch in keiner Weise zu entfalten vermögen.«

Sie sprach, ohne zu überlegen. Die Worte schienen nur so aus ihr hervorzusprudeln.

Der Duke ließ ihre Hand los, und sie wußte, er war geschockt, daß jemand es wagte, so mit ihm zu reden.

Doch gleichzeitig sagte ihr ein Gefühl, daß er ihr insgeheim recht gab, weil es die Wahrheit war, die sie ausgesprochen hatte.

Da er schwieg, fürchtete sie, zu weit gegangen zu sein und ihn gekränkt zu haben.

»Es ... es tut mir leid«, stammelte sie.

»Warum sollte es dir leid tun? Ich habe dich gebeten, mir offen und ehrlich deine Meinung zu sagen, und das hast du getan. Ich bin nur überrascht – vielleicht ist erstaunt das bessere Wort –, daß du solche Dinge siehst und daß du aussprichst, was mir seit Oxford niemand mehr zu sagen gewagt hat.«

Der Duke verzog die Lippen, ehe er hinzufügte:

»Ich fürchte langsam, daß du nicht nur eine jener entsetzlichen Geschöpfe bist, die man Blaustrümpfe nennt, sondern tatsächlich – wie ich es schon einmal sagte – zur Gattung der Hexen gehörst.«

»Ich kann mich nur bei dir entschuldigen«, flüsterte Saska. »Und, bitte, vergib mir, denn ich bin in diesen Dingen ziemlich unwissend und unerfahren, wie du siehst.«

»Jetzt bist du unehrlich«, sagte der Duke vorwurfsvoll. »Ich weiß, daß du das, was du gesagt hast, wirklich denkst, und ich gebe zu, daß es gut ist für meine Seele – wenn auch nicht unbedingt für mein Ego.«

»Aber es sollte dich nicht aufregen, bitte! Verbanne es aus deinem Bewußtsein!«

»Ich denke gar nicht daran«, antwortete der Duke. »Du hast mir soeben eine neue Perspektive eröffnet, oder besser würde ich vielleicht sagen, einen neuen Horizont. Einen Horizont, von dem ich nicht einmal mehr wußte, daß es ihn gibt. Ich habe das unbehagliche Gefühl, daß alles, was du gesagt hast, stimmt und ich meine Fähigkeiten tatsächlich an sinnlose Dinge verschwende. Aber ich bin mir noch nicht ganz darüber im klaren, was die Alternative dazu ist oder wonach ich suchen soll.«

Ohne lange zu überlegen, sprudelte es aus Saska hervor:

»Da du zweifellos eine Führerpersönlichkeit bist, solltest du dich unbedingt fragen, wohin du die anderen führst, die dir folgen, und welches das Ziel ist, das du dir gesteckt hast.«

Als fürchtete sie erneut, zuviel gesagt zu haben, sprang sie auf und erklärte:

»Ich habe deiner Großmutter versprochen, den Tee mit ihr einzunehmen. Ich möchte sie nicht warten lassen.«

»Nein, bitte, geh jetzt nicht!« verlangte der Duke. Doch sie tat so, als hätte sie ihn nicht gehört und schlüpfte wortlos aus dem Zimmer.

Erst als sie vor dem Spiegel stand, um sich für den Tee frisch zu machen, fragte sie sich, wie sie nur so töricht sein konnte, sich mit dem Duke in eine derart verfängliche Unterhaltung einzulassen.

Sie befürchtete, nicht nur ihr Verhältnis zum Duke gefährdet, sondern die Dinge auch für Deirdre maßlos erschwert zu haben.

Gleichzeitig jedoch war ihr bewußt, wie klug und scharfsinnig er war. Jede Minute, die sie mit ihm zusammengewesen war, hatte ihr dies deutlich gemacht, auch wenn er es hinter einer Fassade der Gleichgültigkeit gegenüber allem, was nicht mit dem Reitsport oder der Welt der großen Gesellschaft, an deren Himmel er und Deirdre wie Sterne leuchteten, zu verbergen suchte.

Saska seufzte.

Ich glaube, es war Papa, der meinen Sinn für die Erkenntnis schärfte, daß jeder Mensch der Welt viel zu geben hat, wenn er seinen Verstand gebraucht und dem Geiste Gottes in seinem Leben Raum gewährt, dachte sie.

Dies glaubten ihr Vater und auch sie selbst, während sie vom Duke den Eindruck hatte, daß er mit seinem Leben, so wie es war, völlig zufrieden war. Und so fragte sie sich, ob sie überhaupt das Recht hatte, sich in dieses Leben einzumischen und ihn zu verwirren.

Und dennoch: Wenn sie an seinem Bett saß, fühlte sie die starke Vibration, die er aussandte und die ihr zeigte, daß er eine innere Kraft besaß, die größer war als er selbst.

Ihr Vater hätte gesagt, es sei die göttliche Lebenskraft, die ihn erfüllte. Doch Saska wußte, daß es nicht genug war, wenn ein Mensch diese Kraft in sich trug. Sie mußte entfaltet und in eine bestimmte Richtung geleitet werden – und das war es, was der Duke nicht tat.

Saska hatte also versucht, das zu ändern. In diesem Moment dachte sie allerdings, daß das ein Fehler von ihr gewesen war.

»Wie konnte ich nur so dumm und einfältig sein und mich auf diese Weise in sein Leben einmischen?« flüsterte sie vor sich hin. »Ich hätte die Dinge belassen sollen, wie sie waren. Ich hätte ihn akzeptieren sollen, so wie er ist, für die kurze Zeit, die ich hier bin. Warum mußte ich versuchen, ihn zu ändern?«

Sie sagte sich, daß sie es getan hatte, weil sie ihn sehr bewunderte, weil ihr bewußt geworden war, daß er die kraftvollste Persönlichkeit war, die ihr je im Leben begegnet war, und weil sie es nicht mit ansehen konnte, daß sich ein Mensch mit solchen Fähigkeiten mit einem Minimalanspruch bezüglich seiner eigenen Ideale zufriedengab.

Das Gute liegt brach in ihm, dachte sie. Er muß das erkennen, sonst ist er verloren für die Welt, die ihn braucht.

»Was geht dich das eigentlich an?« hörte sie eine innere Stimme fragen, als wäre es ihr Gewissen, das zu ihr sprach.

Weil sie Angst vor der Antwort hatte, rannte sie aus dem Zimmer und lief den Gang entlang zum Salon, wo sie die Ducheß anzutreffen hoffte.

Die alte Lady war tatsächlich da. Als Saska eintrat, legte sie die Stickerei, an der sie arbeitete, zur Seite und erhob sich.

»Ich fragte mich soeben, ob Sie kommen würden, um den Tee mit mir einzunehmen, meine Liebe«, sagte sie. »Doch ich möchte Sie Talbot natürlich nicht fortnehmen.«

»Ich vermute, im Augenblick hat er genug von meiner Gesellschaft«, erwiderte Saska. Die Ducheß lachte.

»Ich bin sicher, daß dies nicht stimmt! Seit Ihrer Ankunft ist er so viel glücklicher und ausgeglichener als vorher. Und ich denke, dies dürfte entscheidend zu seiner Gesundung beitragen, nicht wahr?«

»Ich hoffe es.«

»Ich versichere Ihnen, er ist ein anderer Mensch geworden, seitdem Sie hier sind. Tomkin, der ihn schon so lange kennt, sagte mir, Sie seien besser für ihn als jeder Arzt, trotz der seltsamen Säfte, die Sie ihn trinken ließen.«

Saska lachte.

»Ich fürchte, Tomkins und die Köchin bezweifeln deren Nutzen völlig. Ich allerdings bin fest davon überzeugt, daß das rohe Gemüse seine Sehkraft stärken wird und er wieder sehen wird wie früher, sobald der Verband abgenommen wird.«

»Daß dies geschieht, darum beten wir alle«, sagte die Ducheß ruhig, während sie den Raum betraten, in dem der Tee gereicht wurde.

Als Saska zum Schlafzimmer des Duke zurückkehrte, begleitete die Ducheß sie. Und als Saska sich dann verabschiedete, um sich für das Dinner umzukleiden, hatte der Duke sie gebeten, am Abend nochmals wiederzukommen.

»Ich wünschte nur, er könnte mich in diesen Kleidern sehen«, murmelte Saska, während sie vor dem Spiegel stand und sich verschiedene Kleider vorhielt.

Dann dachte sie, daß es eine Katastrophe wäre, wenn der Duke sie sehen könnte.

Solange seine Augen verbunden waren und sie sich nur miteinander unterhielten, mochte er glauben, daß er Deirdre vor sich hatte. Doch sobald er sie sah, würde sich die Lage schlagartig ändern. Die Unterschiede zwischen Deirdre und ihr würden ihm sofort auffallen – auch wenn sie Cousinen waren, sich glichen und gleiche Haar- und Augenfarbe hatten.

»Jedenfalls muß ich unbedingt die Heimreise angetreten haben, bevor er wieder sehen kann!« sagte sich Saska. »Und es bleiben mir ja auch tatsächlich nur noch zwei Tage bis zu meiner Abfahrt.«

Sie hatte ihm noch nicht mitgeteilt, wann sie wieder fahren mußte. Und nun, da sie daran dachte, kam es ihr vor, als wäre die Zeit, die sie auf dem Schloß weilte, nur so dahingeflogen.

Bald würde für sie – wie für Aschenputtel – die Stunde schlagen, und sie würde sich in ihren schäbigen alten Sachen im Vikariat von Little Langworth wiederfinden.

Es fiel Saska schwer, zu glauben, daß sich die herrliche Garberobe, die Deirdre ihr geschenkt hatte, nicht auch in Luft auflösen würde. Doch selbst wenn sie ihr verbliebe, was hatte sie dann noch für eine Verwendung dafür?

Es würde niemanden mehr geben, der Notiz von dem nahm, was sie trug, und niemanden, mit dem sie sich unterhalten konnte wie mit dem Duke.

Saska fragte sich, woher der jähe Schmerz in ihrer Brust kam und weshalb die untergehende Sonne plötzlich hinter einem grauen Nebel zu versinken schien.

Doch dann schalt sie sich undankbar.

Noch vor wenigen Tagen hatte sie es nicht für möglich gehalten, daß sie dieses wunderbare Abenteuer würde genießen dürfen, daß sie die Kleider einer Prinzessin tragen und sich mit dem interessantesten Mann, dem sie je im Leben begegnet war, so angeregt unterhalten würde.

Obwohl sie am Anfang große Angst vor dem Duke hatte, wuchsen ihre Sicherheit und die Freude über ihr Hiersein mit jeder Stunde, die sie in seiner Gesellschaft zubrachte. Und schließlich war es so weit, daß sie nach dem Aufwachen die Minuten zählte, bis sie die Suite des Duke betrat und Tomkins ihr die Zeitungen reichte, aus denen sie dem Kranken vorlesen würde.

Zu anderen Zeiten galt es, das Schloß zu erkunden, die Gärten zu bewundern, die Schönheit des Moors und die geheimnisvoll schimmernde Oberfläche des Sees zu betrachten.

All diese Dinge versetzten sie in einen solchen Zustand des Entzückens, daß sie am Schluß tatsächlich glaubte, in einem Märchenland zu leben, das nur in ihrer Vorstellung existierte.

»Ich bin so glücklich, so unfaßbar glücklich«, sagte sie sich. »Und niemand hat auch nur für einen Augenblick den Verdacht, daß ich nicht die bin, die ich zu sein vorgebe.«

Doch während des Umkleidens ermahnte sie sich, vorsichtig zu sein und sich jedes Wort, das sie mit dem Duke sprach, sorgfältig zu überlegen.

Außerdem muß ich Deirdre sagen, worüber wir gesprochen haben, dachte sie. Ein Zittern überlief sie bei dem Gedanken, wie ärgerlich die Cousine über sie sein würde.

In der Vergangenheit hatte sich Deirdre oft sehr abschätzig über das geäußert, was sie die versponnenen Ideen ihrer Cousine nannte.

»Ich bin für das Praktische«, hatte sie einmal gesagt. »Und wenn du die Wahrheit wissen willst, Saska, ich bin nicht interessiert an meiner Seele oder an dem, was mich in einem anderen Leben erwartet. Ich will dieses jetzige Leben genießen, will als Schönheit gefeiert werden und den bedeutendsten Mann in England heiraten.«

Deirdre, dachte Saska, ist im Erreichen ihrer Ziele gewiß sehr erfolgreich gewesen, und doch hat sie sich um etwas ganz Entscheidendes gebracht. Deirdres Leben fehlte das Außergewöhnliche, das Ekstatische, das für eine Frau wichtiger war als alles andere.

Saska wußte um das Geheimnisvolle der Welt, und sie glaubte von dessen Schwingen berührt zu werden, wenn sie etwas Schönes sah, Musik hörte und auch wenn sie betete.

Sie hatte das Gefühl – auch wenn sie sich dessen nicht ganz sicher war, daß man all diese Erlebnisse in einem Wort zusammenfassen konnte – es war die Liebe.

»Ich bin ja so froh, daß Sie dieses Kleid tragen werden, M'lady!« rief Emily und unterbrach ihre Gedanken.

»Warum sagst du das?«

Saska betrachtete sich in dem hohen Spiegel, während Emily ihr im Rücken die Knöpfe schloß.

»Für mich war es immer das schönste Kleid in der Garderobe Ihrer Ladyschaft«, erklärte Emily verzückt. »Und doch hat sie es nie gemocht und nur ein einziges Mal getragen.«

»Ich frage mich, was der Grund für diese Abneigung war«, meinte Saska.

Für sie schien es unvorstellbar, daß jemand dieses Kleid nicht mochte. Es bestand aus weißer Seide und besaß einen schulterbreiten Spitzenkragen, der mit Silberfäden bestickt und mit Perlen besetzt war. Die weite Krinoline betonte wirkungsvoll die Taille und war am Saum mit den gleichen kunstvoll gearbeiteten Spitzen versehen.

Saska kam sich in diesem Kleid wie die Mondgöttin vor, die ihren Silberschein bald über die Moore und das Schloß ergießen und allen Dingen eine magische Schönheit verleihen würde.

»Ich glaube, es störte Ihre Ladyschaft, daß die Schneiderin Perlen in die Silberstickerei einfügte und keine Steine, die wie Brillanten aussahen«, erwiderte Emily. »Ihre Ladyschaft schwärmte immer schon für Flitter und Glitzerwerk.«

»Ich finde es ganz wundervoll so, wie es ist«, erklärte Saska. »Ich bin jedenfalls sehr, sehr glücklich, es zu besitzen.«

Wenn Deirdre das Kleid nur einmal angezogen hatte, war es mehr als wahrscheinlich, daß für sie, Saska, das gleiche gelten mochte. Denn wo anders als hier würde sich für sie noch einmal die Gelegenheit ergeben, eine solch zauberhafte Creation zu tragen.

Ihr Vater hätte den Kopf geschüttelt, wäre sie in etwas so Elegantem zu einer ihrer bescheidenen Mahlzeiten erschienen.

Aber daran mochte Saska jetzt nicht denken!

Im Augenblick bereitete es ihr ein himmlisches Vergnügen, voller Anmut über den Korridor zum Salon zu schweben, ihr strahlendes Ebenbild sekundenlang in den hohen, goldgerahmten Spiegeln aufblitzen zu sehen, an denen sie vorbeikam, und zu wissen, daß sie mit diesem Kleid genau in den Rahmen des Schlosses mit seinen edlen Möbeln, seinen kunstvoll bemalten Decken und den Bildnissen der würdevollen Vorfahren der Ducheß paßte.

Sie betrat den Salon, und die Ducheß, die ein Abendkleid aus malvenfarbener Seide trug, rief aus:

»Wie entzückend Sie aussehen, liebes Kind! Ganz wie eine Braut!«

Noch bevor Saska etwas darauf erwidern konnte, fuhr sie fort:

»Ich glaube, ich habe mich einer Unterlassungssünde schuldig gemacht, denn ich habe während der Zeit Ihres Hierseins nicht einmal eine Party gegeben. Ich weiß bestimmt, daß viele unserer Verwandten und Freunde Sie liebend gern kennengelernt hätten. Doch Talbot war nur darauf bedacht, daß niemand etwas von seinem Zustand erfuhr.«

»Oh, bitte, ich langweile mich nicht im geringsten bei Ihnen«, antwortete Saska hastig. »Außerdem bin ich der Überzeugung, daß es besser ist, wenn niemand etwas von Talbots Unfall weiß.«

»Ja, ich gebe zu, daß es ein Fehler wäre«, sagte die Ducheß. »Talbot hätte es gewiß nicht gern, wenn die Sache in die Zeitungen käme.«

»Dann wollen wir seinen Unfall weiterhin geheimhalten«, sagte Saska fast flehend.

»Natürlich«, stimmte die Ducheß zu. »Ich werde mich diesbezüglich genau nach Ihren und Talbots Wünschen richten.«

Der Butler rief zum Dinner, und während des köstlichen Essens unterhielt sie ein Dudelsackpfeifer mit seinen wehmütigen Melodien. Saska fand die Darbietung aufregender, als es jede Unterhaltung mit irgendeinem Unbekannten hätte sein können.

Erst als sie wieder in den Salon zurückkehrten, sagte die Ducheß:

»Ich hoffe, sie halten mich nicht für unhöflich,

mein liebes Kind, wenn ich mich bald zurückziehe. Ich gehe stets früh zu Bett, und außerdem habe ich leichte Kopfschmerzen, die mich daran erinnern, daß ich dringend Schlaf brauche.«

»Bitte, bleiben Sie meinetwegen nicht länger auf«, sagte Saska. »Ich habe dem Duke sowieso versprochen, noch einmal bei ihm vorbeizuschauen und ihm gute Nacht zu sagen, falls Sie dies nicht für unpassend halten.«

Die Ducheß legte ihr die Hand auf die Schulter.

»Ich bin der Meinung, daß Sie und Talbot sich unter allen Umständen näher kennenlernen sollten«, meinte sie mit einem gütigen Lächeln. »Ich habe es immer für falsch angesehen, daß zwei junge Leute heiraten, bevor sie einander richtig kennen und wirklich Freunde geworden sind.«

Sie nickte Saska zu und fuhr fort:

»Vielleicht würde Ihre Mutter denken, daß ich eine sehr nachlässige Anstandsdame für ihre Tochter bin. Aber das wird eben ein weiteres Geheimnis zwischen uns bleiben müssen, nicht wahr?«

Sie gingen den Korridor entlang, und die Ducheß küßte Saska auf die Wange, ehe sie ihr Zimmer betrat.

Saska eilte weiter und erreichte die prunkvolle Doppeltür zur Suite des Duke.

Tomkins ließ sie ein, wobei er sagte:

»Ich glaube nicht, daß Sie zu lange bleiben sollten, M'lady. Seine Gnaden fühlt sich sehr müde, obwohl er es nicht eingestehen will. Er sollte so viel Schlaf wie möglich bekommen vor der nächsten Operation.«

»Ja, natürlich«, stimmte Saska zu. »Ich werde nicht lange bleiben.«

Tomkins öffnete die Tür, die ins Schlafzimmer

führte. Beim Eintreten sah Saska, daß die Vorhänge zugezogen waren und auf jeder Seite des riesigen Bettes ein Leuchter mit mehreren brennenden Kerzen stand.

»Ich habe auf dich gewartet«, sagte der Duke mit leisem Vorwurf in der Stimme, als sie sich dem Bett näherte.

»Wir haben soeben erst das Dinner beendet«, antwortete Saska. »Und es war sehr aufregend für mich, dem Spiel des Dudelsacks zu lauschen.«

»Hat es dir wirklich Freude bereitet, oder findest du ihn so entsetzlich wie die meisten Engländer?« fragte der Duke.

»Jetzt beleidigst du mich«, rief Saska. »Für mich ist das Spiel des Dudelsacks genauso herrlich wie Schottland selbst. Ich finde es faszinierend, es fährt einem regelrecht in die Glieder.«

Der Duke lachte.

»Ich habe das Gefühl, du hältst mir gleich wieder eine Predigt.«

»Nein, nein, ich gebe dir mein Wort, daß es nicht so ist.«

Saska hatte das Bett erreicht und stand dicht vor ihm.

»Wenn der Dudelsack dich fasziniert und dir in die Glieder fährt«, sagte er, »dann ist das die gleiche Wirkung, die du auf mich ausübst.«

»Ich wünschte, dem wäre so«, entgegnete Saska. »Es ist das schönste Kompliment, das du mir machen kannst.«

»Ich hätte gedacht, daß dir – wie den meisten Frauen – ein Lob über deine Augen, deine Haut und natürlich über dein Haar lieber wäre.«

»Jetzt verdirbst du mir etwas, das ich für immer in lieber Erinnerung behalten wollte.«

»Das bezweifle ich«, erwiderte der Duke trocken. »Ich weiß doch, wie viele Komplimente du schon wegen deiner Schönheit bekommen hast.«

Saska antwortete nicht darauf.

Sie fragte sich, was er wohl sagen würde, wenn er erfuhr, daß sie noch nie irgendein Kompliment erhalten hatte und daß die Worte, die er soeben zu ihr gesprochen hatte, so etwas wie ein überaus kostbares Geschenk für sie waren, die sie für alle Zeiten in ihrem Gedächtnis bewahren und an die sie sich stets dann erinnern würde, wenn sie traurig oder niedergeschlagen sein sollte.

Der Duke streckte seine Hand nach ihr aus und sagte:

»Komm näher, ich möchte wissen, was für ein Kleid du trägst.«

»Es ist sehr schön«, antwortete Saska. »Das schönste Kleid, das ich besitze.«

»Welche Farbe hat es?«

»Weiß und Silber. Es läßt mich an den See denken und an den Mond, der bald aufgehen wird.«

Wieder lag in ihrer Stimme dieser verzückte Klang. Nach einer kurzen Pause sagte der Duke:

»Ich möchte es berühren.«

Sie trat noch näher zu ihm heran, und als seine Hand in die faltenreiche Fülle des Rockes griff, ließ sie sich neben ihm auf dem Bettrand nieder.

»Ich wünschte, ich könnte dich sehen!«

»Das wirst du bald wieder können«, versprach Saska zuversichtlich.

Dann, weil sie nicht wollte, daß er sich wegen seiner Augen Sorgen machte, sagte sie:

»Befühle den Spitzenkragen. Er ist so wundervoll. Ein Kunstwerk aus Silberfäden und kleinen Perlen.«

Sie nahm seine Hand und legte sie auf ihre Schulter.

Als er die Spitze berührte, sagte er:

»Haben die Perlen die gleiche Durchsichtigkeit wie deine Haut?«

»Ich ... ich denke ja.«

Seine Finger bewegten sich über die Stickerei, bis sie die bloße Haut ihres Halses erreichten.

Seine Berührung war leicht, und doch weckte sie in Saska eine unbekannte Empfindung, die sie sich nicht erklären konnte.

»Ich habe recht«, sagte der Duke. »Aber unter deiner Haut fühle ich eine Wärme, die den Perlen fehlt.«

Seine Hand glitt ein Stück an ihrem Nacken hinauf.

Sie trug keine Halskette. Die Finger des Duke wanderten zu ihrem Ohr, von dort zu ihrer Wange. Dann hinab zu ihrem Kinn und umschlossen schließlich die Säule ihres Halses.

Es war in diesem Augenblick, daß Saska glaubte, das Mondlicht durchbohre mit winzigen Speeren ihre Brust. Es war ein Gefühl, das sie noch nie erfahren hatte und das sie stark erregte.

Das Mondlicht durchrieselte ihren ganzen Körper wie in kleinen Rinnsalen, und sie vermochte kaum zu atmen.

Der Duke schlang den freien Arm um sie und zog sie näher an sich.

»Ich habe dich noch kein einziges Mal geküßt, seitdem du hier bist«, sagte er. »Ich glaubte, du fändest mich abstoßend mit den verbundenen Augen. Doch jetzt habe ich den Wunsch, dich zu küssen – mehr als je zuvor.«

Da seine Stimme so leise und dunkel klang und seine Hände ihren Nacken umschlossen, glaubte Saska sich einer Ohnmacht nahe. Sie wollte etwas sagen und konnte es nicht. Sie wollte sich bewegen, doch ihre Glieder versagten ihr den Dienst. Sie war keines Gedankens fähig. Es gab für sie nur das Mondlicht, das immer stärker ihren Körper durchflutete, ihre Brust zu sprengen drohte und fast schmerzhaft spürbar das Blut in ihre Lippen trieb.

Doch als sie dann wieder denken konnte, als ihr klar wurde, daß er sie auf keinen Fall küssen durfte und sie niemals zulassen konnte, daß dies geschah, war es zu spät.

Der Duke zog sie zu sich herab, und als sie hilflos in seinen Armen lag, preßten sich seine Lippen auf die ihren.

Im ersten Augenblick war Saska fassunglos und wie betäubt.

Dann erfüllte sie ein niegekanntes Glücksgefühl, und eine unwiderstehliche Macht zog sie zum Duke hin.

Seine Arme schlossen sich fester um sie, seine Lippen wurden fordernder, und Saska spürte, wie das wilde Pochen ihres Herzens eine Antwort in seiner Brust hervorrief.

Er küßte sie, bis sie glaubte, zum Himmel emporgetragen zu werden. Und das Mondlicht in ihrem Innern vermischte sich mit dem am sternenübersäten Firmament.

Es war alles so ungewöhnlich, so vollkommen, daß sie wußte, es war das, was sie immer gesucht, sich immer erträumt hatte.

Es war die Liebe, an die sie vor dem Dinner

gedacht hatte. Und die Liebe war das einzig Wichtige im Leben. Sie allein gab allen Dingen einen Sinn.

Der Duke küßte sie immer noch. Er küßte sie, bis Saska das Gefühl hatte, ihr Herz verließe ihren Körper und verschmelze mit dem seinen.

Erst als er den Kopf hob, ließ Saska einen unartikulierten kleinen Seufzer hören und barg das Gesicht an seiner Schulter.

Sekundenlang hielt er sie fest an sich gepreßt. Dann sagte er:

»Und nun mußt du ins Bett, mein Liebling.«

Als erwachte sie aus einem Traum, gelang es Saska zögernd, sich aus seiner Umarmung zu lösen, und er tat nichts, um sie daran zu hindern.

Als sie sich wieder aufgerichtet hatte, blickte sie auf ihn nieder. Ihr ganzer Körper befand sich in Aufruhr, erbebte unter den Gefühlen, die er in ihr wachgerufen hatte.

Er streckte die Hand aus und tastete nach ihr. Als er ihre Hand fand, zog er sie an seine Lippen und drückte einen Kuß darauf.

»Träume von mir, mein Liebstes!« sagte er mit seiner tiefen Stimme. »Ich werde an dich denken.«

Saska versuchte etwas zu sagen. Aber es war unmöglich. Sie brachte keinen Laut hervor.

Sie starrte nur auf seine Lippen, welche die Worte formten, und wußte, daß die Küsse, die er ihr gegeben hatte, das Wunderbarste waren, das ihr im Leben widerfahren war, obgleich es zugleich alles Verstehen und Begreifen überstieg.

Sie war außerstande, diesem unfaßbaren Glück Ausdruck zu verleihen. Wortlos entzog sie ihm die

Hand, drehte sich um, eilte mit tränenblinden Augen zur Tür und riß sie auf.

Draußen wartete Tomkins, doch sie sprach kein Wort mit ihm.

Wie eine Traumwandlerin lief sie über den Korridor, und erst als sie in ihrem Zimmer angelangt war, lehnt sie sich mit dem Rücken gegen die geschlossene Tür und rang nach Atem.

Die Welt hatte sich für sie verändert.

Alles war anders geworden.

Nie, nicht einmal in ihren wildesten Träumen hätte sie sich vorstellen können, so zu empfinden.

Ein Gefühl der Körperlosigkeit beherrschte sie. Sie schwebte durch den Himmel. Und dennoch regte sich in ihr ein sehr menschliches Begehren, das sie in eine Ekstase versetzte, für die sie keine Worte hatte.

Dies war die Liebe!

Eine Liebe, so vollkommen, so heilig, so wundervoll, daß sie nur von Gott kommen konnte, obwohl sie sich hier auf Erden auf einen ganz bestimmten Mann richtete. Auf den Duke von Silchester, der im Begriff war, ihre Cousine Deirdre zu heiraten.

5

Saska wachte auf und wußte, daß sie in dieser Nacht nur vom Duke geträumt hatte, nachdem sie zuerst lange wachgelegen hatte. Die Gedanken an ihn und das Geschehen des Abends ließen sie nicht zur Ruhe kommen.

Ihr ganzer Körper war durch das Wunder seiner Küsse zu einem niegekannten Leben erwacht. Sie wußte, daß sie die Liebe gefunden hatte, und diese war noch größer, noch ekstatischer, noch heiliger, als sie sich diese vorgestellt hatte.

Ihr Geist schien den Himmel zu berühren, ihre Seele, alle Geheimnisse der Welt zu kennen, und ihr Herz schmerzte vor Glück, weil sie bereit und entschlossen war, sich dem geliebten Mann ganz und bedingungslos zu schenken.

Ja, sie hatte sich an den Duke verloren. Es gab nichts, was sie glücklicher machte, und es gab nichts, was tragischer sein konnte.

»Wie kann ich nur so verrückt sein, so töricht, da er doch Deirdre gehört?« fragte sie sich.

Dann erinnerte sie sich daran, daß er für Deirdre nur ein Duke war, ein Titel, und nicht der Mann, den sie liebte. Und das machte alles nur noch schmerzlicher für Saska.

Ich liebe – ihn! dachte sie dann. Ich – liebe ihn!

Und mochte ihre Liebe auch unerfüllt bleiben, die Tatsache allein ließ ihr Herz erbeben.

Und als verspürte sie das Bedürfnis, ihr Glück mit der ganzen Welt zu teilen, sprang sie aus dem Bett. Sie lief zum Fenster und zog die Vorhänge zurück.

Die Sonne war soeben aufgegangen. Sie tauchte das Moor in ein goldenes Licht, und der See blitzte unter einem wolkenlosen Himmel wie ein Spiegel.

Für Saska war der Anblick der morgendlichen Landschaft wie das Abbild ihrer Liebe, und sie wußte, was immer in der Zukunft geschehen mochte, sie würde die Verzückung der vergangenen Nacht nie vergessen können.

Emily kam, um sie zu wecken, und war überrascht, daß Saska schon aufgestanden war.

»Sie sind früh heute morgen, M'lady«, rief sie. »Alle unten waren von ihrem Kleid gestern abend ganz begeistert.«

Die Worte des Mädchens weckten aufs neue die Erinnerung an den Augenblick, da die Finger des Duke ihren Spitzenkragen ertasteten und dann an ihrem Hals entlangglitten.

Saska erbebte, und wieder spürte sie die Woge der Erregung, die ihren Körper durchflutete.

Langsam zog sie sich an, kaum wissend, was sie tat. Nur ein Gedanke erfüllte sie: Mit jeder Minute, die verrann, rückte der Augenblick näher, da sie wieder mit dem Duke zusammensein würde.

Ab und zu kam die Ducheß zum Frühstück nach unten, doch wenn sie zu müde war, aß Saska allein.

Als sie den Frühstücksraum betrat, stellte sie fest, daß er leer war – bis auf den Butler, der sie erwartet hatte.

An diesem Morgen hatte sie keinen Appetit. Dennoch nahm sie etwas Porridge und kostete auch von den diversen Gerichten, die so viel köstlicher waren als das, was Nanny im Vikariat auftrug.

Als sie vom Tisch aufstand, dachte sie, daß ihr Appetit während des Essens doch noch gekommen war. Fast ein wenig schuldbewußt stellte sie bei sich fest, daß sie – wie zu den anderen Mahlzeiten auf Strathconna Castle – auch diesmal viel zuviel gegessen hatte.

»Wäre ich doch ein Kamel«, sagte sie zu sich selbst, »dann brauchte ich nach meiner Rückkehr eine ganze Woche lang nichts mehr zu essen, und wir könnten allerhand Geld sparen.«

Wie gern hätte sie ihrem Vater etwas von den Köstlichkeiten mitgenommen, die es auf dem Schloß gab, und sie dachte, wie entsetzt die Ducheß und der Duke sein würden, wenn sie ihnen erzählte, wie oft Schmalhans Küchenmeister im Vikariat war, wenn ihnen mal wieder das Geld ausgegangen war, um die notwendigsten Lebensmittel zu kaufen.

Dann waren ihre Gedanken wieder beim Duke, und sie vermochte an niemanden und nichts anderes mehr zu denken als an ihn.

Sie wußte, sie konnte ihn erst sehen, wenn er gewaschen und rasiert war, wenn man sein Bett gemacht und Tomkins ihm das Frühstück gebracht hatte.

Deshalb ging sie in den Garten. Es war so warm, daß sie keinen Schal brauchte. Nur ein sanfter Wind wehte, der fast unmerklich ihre Wangen umfächelte und nicht einmal kräftig genug war, um ihr Haar in Unordnung zu bringen.

Gedankenverloren wanderte sie umher, betrachtete

die Blumen und hatte die eigenartige Vorstellung, daß jede einzelne von ihnen den Gefühlen Ausdruck verlieh, die sie für den Duke empfand.

Als sie schließlich glaubte, nicht nur eine Stunde, sondern tausend Jahre wären vergangen, seit sie das Haus verlassen hatte, kehrte sie um und hoffte, der Duke würde empfangsbereit für sie sein.

Doch auf dem Korridor begegnete sie der Ducheß, die eben ihr Schlafzimmer verließ.

»Guten Morgen, meine Liebe«, sagte die alte Lady. »Tut mir leid, daß ich zu müde war, um Ihnen beim Frühstück Gesellschaft zu leisten. Doch nun würde ich gern mit Ihnen reden.«

Sie sprach in einem Tonfall, der Saska aufhorchen ließ, und ging voraus in den Salon mit den hohen Fenstern, wo über dem Kaminsims ein wundervolles Porträt der Ducheß hing, das gemalt worden war, als diese noch ein junges Mädchen gewesen war.

Da Saska spürte, daß irgend etwas nicht stimmte, blickte sie die Ducheß beunruhigt an, als diese in ihrem Sessel beim Fenster Platz nahm.

»Ich erfuhr heute morgen von unserem Hausarzt«, begann die Herzoginwitwe, »daß die beiden Spezialisten, die meinen Enkelsohn behandeln, morgen früh hier eintreffen werden.«

Saskas Haltung versteifte sich, dann fragte sie:

»Zwei Spezialisten?«

»Ja, Liebes. Der eine ist der Chirurg, der den letzten Eisensplitter aus Talbots Körper entfernen wird, der andere ist natürlich der Augenarzt.«

»Wollen Sie sagen, die beiden werden seinen Verband abnehmen?«

»Ja, Liebes. Wir können nur hoffen, daß der Himmel unsere Gebete erhört hat und der gute Talbot wieder sehen kann.«

Sie bemerkte den Ausdruck der Bestürzung auf Saskas Gesicht und sagte:

»Schauen Sie nicht so besorgt drein. Ich habe Ihnen ja gesagt, daß ich hellseherische Fähigkeiten besitze. Ich bin ganz sicher, Talbot hat sich so sichtlich erholt, seitdem Sie hier sind, daß die Ärzte uns morgen gewiß nur Gutes mitzuteilen haben.«

Da Saska schwieg, fuhr die Ducheß fort:

»Sie treffen zusammen hier ein, denn sie sind gute Freunde. Obwohl es mir lieber gewesen wäre, wenn zwischen der Operation und dem Entfernen des Verbandes ein zeitlicher Abstand gelegen hätte, bin ich davon überzeugt, daß alles gutgeht und die beiden Gentlemen gewiß schon einen Tag zum Fischen eingeplant haben, ehe sie wieder in den Süden zurückfahren.«

Die Ducheß lächelte, bevor sie hinzufügte:

»Etwas, das mich sehr glücklich macht, ist, daß Sie Schottland sehr zu lieben scheinen. Ich hatte solche Angst, Talbot könnte eines dieser Mädchen heiraten, die nur das Londoner Gesellschaftsleben im Kopf haben. Ich kann Ihnen versichern, daß es für mich eine große Beruhigung ist, zu wissen, daß Sie das Land genausosehr lieben wie er.«

Es fiel Saska schwer, ihr nicht erwidern zu können, daß sie nur selten einmal nach London kam und auf dem Land zu Hause war und es sehr liebte.

Doch weil sie wußte, daß es die Ducheß erfreuen würde, sagte sie:

»Ich kann mir nicht vorstellen, daß es einen Menschen gibt, der etwas so Wundervolles wie das Schloß und das Moor nicht lieben würde.«

»Es ist schön, daß Sie das sagen, mein Kind.« Die Ducheß lächelte. »Und nun will ich Ihnen ein Geheimnis anvertrauen, das selbst Talbot nicht kennt. In meinem Letzten Willen habe ich das Schloß und alle Ländereien, die ich besitze, ihm überschrieben. Er war immer mein Lieblingsenkel, und er liebt es, einen Teil des Jahres in Schottland zu verbringen. Ich bin sicher, daß er sich um meine Leute kümmern wird, als gehörte er zu ihnen wie ich.«

»Oh, ich glaube, er wird sich glücklich schätzen, wenn er das hört«, sagte Saska mit leiser Stimme.

Der Gedanke, daß sie nie wieder zusammen mit dem Duke auf Strathconna Castle sein würde, versetzte ihr einen Stich in der Brust.

Aber genauso schmerzlich war für sie das Wissen, daß der Duke immer allein sein würde, wenn er in Schottland weilte, weil Deirdre niemals auch nur im Traum daran denken würde, London für längere Zeit zu verlassen.

»Wie man hört, hatten es schon viele Frauen auf Talbot abgesehen, was mich nicht überrascht, da er sehr attraktiv ist«, fuhr die Ducheß fort. »Aber es ist ihm immer gelungen, sich allen Bemühungen dieser Art zu entziehen – bis er Sie gesehen hat.«

Sie machte eine Pause, ehe sie fortfuhr:

»Ich war zuerst sehr beunruhigt, als ich davon erfuhr, denn man sagte mir, wie schön Sie seien und welchen Erfolg sie in der Londoner Gesellschaft hätten. Meinem Gefühl nach brauchte Talbot eine andere Art von Frau, um glücklich zu werden. Eine Frau, die ihn zu führen versteht und ihn dazu bringt, all die Dinge zu tun, zu denen er fähig ist. Er ist ein Mensch, der imstande ist, anderen zu helfen und ihnen vieles zu geben. Es steckt mehr in ihm, als er selbst zu wissen scheint.«

Saska starrte die Ducheß erstaunt an, denn das, was sie sagte, deckte sich genau mit dem, was auch sie dachte. Und noch erstaunter war sie, als die Ducheß fortfuhr:

»Doch ich weiß: Seit Ihrem Hiersein hat sich nicht nur Talbots Gesundheitszustand gebessert, Sie haben es auch fertiggebracht, daß sich seine Einstellung zum Leben änderte. Er denkt nun anders als früher, interessiert sich für Dinge, die ihm vorher gleichgültig waren.«

»Woher wissen Sie das?« fragte Saska fassungslos, weil niemand ihre Unterhaltungen mit dem Duke hatte mithören können.

Die Ducheß lächelte.

»Ich glaube, ich weiß es instinktiv. Und als ich hörte, daß Sie ihm aus dem wundervollen Buch ›Das Licht der Griechen‹ vorlesen, sagte ich mir, daß mit Talbot eine Wandlung vor sich gegangen sein muß, denn früher hätte er sich für diese Art von Literatur nie begeistert.«

Saska stieß einen Laut des Entzückens aus.

Fast hätte sie ausgerufen: »Wie schön, daß Sie das Buch meines Vaters kennen!«, als ihr einfiel, daß man sie ja für Deirdre hielt, die jedes Buch langweilte, wenn es nicht gerade ein Liebesroman war.

Gedankenverloren fuhr die Ducheß fort:

»Ich habe mir oft gewünscht, Reverend Mervyn Waverley einmal persönlich kennenzulernen. Ein- oder zweimal war ich drauf und dran, ihm zu schreiben. Aber dann habe ich mir gesagt, daß er mich gewiß für aufdringlich halten würde. Außerdem nehme ich an, daß er irgendwo im Süden lebt.«

»Ich glaube, jeder Autor wäre sehr stolz darauf, wenn er wüßte, daß er Sie zu seinen Lesern zählen darf«, erwiderte Saska, die sorgfältig auf die Wahl ihrer Worte bedacht war.

»Vielleicht werde ich eines Tages wirklich den Mut aufbringen, ihm zu sagen, mit welchem Gewinn ich die beiden Bücher gelesen habe, die er verfaßt hat. Ich kann nur hoffen, er schreibt bald das nächste – falls er noch lebt.«

Nur mit Mühe hielt sich Saska davon zurück, der Ducheß mitzuteilen, daß ihr Vater sogar noch sehr lebendig sei und sich ganz bestimmt freuen würde, daß eine so kultivierte Frau wie die Herzoginwitwe seine Bücher lesenswert und spannend fand.

»Ich sollte mich eigentlich schämen, daß ich nicht selbst auf die Idee gekommen bin, Talbot die Lektüre von ›Das Licht der Griechen‹ zu empfehlen«, sagte die Ducheß. »Vielleicht habe ich es deshalb nicht getan, weil das Buch mir so unendlich viel bedeutet und ich es nicht ertragen hätte, wenn sich jemand darüber mokiert haben würde. Selbst mein über alles geliebter Enkelsohn hätte dies nicht tun dürfen. Und genauso unangenehm wäre es mir gewesen, wenn ich hätte erkennen müssen, daß er die Botschaft, die das Buch enthält, nicht begriffen hätte.«

Sie lächelte Saska an, bevor sie hinzufügte:

»Das ist auch schon wieder etwas, das uns beide miteinander verbindet, meine Liebe. Wir haben nicht nur die Liebe zu Talbot gemeinsam, sondern auch die Liebe zur Welt der Griechen und zu dem Licht, das sie der Menschheit geschenkt haben.«

»Ich finde es wundervoll, wie Sie das gesagt haben«, rief Saska aus.

»Hören Sie, ich bin sehr alt und werde wohl nicht mehr lange leben«, sagte die Ducheß. »Aber ich möchte gern, daß Sie wissen, wie glücklich mich Ihr Besuch auf Strathcorna Castle gemacht hat. Ich habe nun keine Angst mehr um die Zukunft meines Enkelsohnes, denn an seiner Seite ist die Frau, die ich für ihn ausgesucht hätte, würde er mich darum gebeten haben.«

Sie sprach so bewegend, daß Saska die Tränen in die Augen traten. Gleichzeitig befiel sie ein Schuldgefühl, das fast wie ein körperlicher Schmerz war. Hastig sprang sie auf und trat ans Fenster.

Dort stand sie, mit dem Rücken zum Zimmer, und starrte nach draußen. Doch sie vermochte nichts von der Landschaft wahrzunehmen, sondern nur an die Zukunft zu denken, die so trostlos vor ihr lag – ohne den Duke.

Dann fragte sie, ohne sich bewußt zu sein, daß die Worte über ihre Lippen kamen:

»Und wenn ich ihn – enttäusche?«

Die Ducheß ließ ein leises Lachen hören.

»Wie jeder liebende Mensch haben Sie das Gefühl, für den anderen nicht gut genug zu sein. Aber ich weiß, daß Sie Talbot nicht enttäuschen werden. Und er wird Sie ebensowenig enttäuschen. Das sehe ich so deutlich, als wäre die Zukunft ein Bild, das ich betrachte.«

»Sie irren sich, Sie irren sich!« wollte Saska ausrufen. Doch weil sie der Ducheß nicht weh tun konnte, kehrte sie zum Sofa zurück und nahm wieder neben ihr Platz.

»Danke«, sagte sie, »danke für all die netten, liebenswürdigen Dinge, die Sie zu mir gesagt haben. Sie bedeuten mir so viel, daß ich es in Worten gar nicht ausdrücken kann – ich werde Sie nie vergessen.«

In ihrer Stimme war ein leichtes Zittern, das der Ducheß verriet, daß Saska litt.

Begütigend streckte die alte Lady die Hand aus und meinte:

»Ich weiß, liebstes Kind, Sie machen sich große Sorgen um Talbot, doch das brauchen Sie nicht. Geben Sie ihm die Zuversicht, daß alles gut wird. Sie und ich wissen ja, daß es in jeder Lebenskrise entscheidend darauf ankommt, daß der Mensch den festen Willen hat, zu siegen.«

»Ich werde – mein Bestes tun!« versprach Saska.

❊

Eine halbe Stunde später erschien ein Hausmädchen, das ihr ausrichtete, der Duke sei empfangsbereit für sie.

Saska eilte zur Suite des Duke und sah Tomkins auf dem Gang stehen.

Er hatte auf sie gewartet.

»Seine Gnaden ist bereit, mich zu empfangen?« fragte sie.

»Ja, M'lady«, erwiderte Tomkins. »Doch da ist etwas, das ich Eurer Ladyschaft gerne sagen möchte.«

»Ja?«

»Seine Gnaden hat gehört, daß morgen die beiden Ärzte kommen, die ihn operieren und ihm den Verband abnehmen werden. Wissen Sie, er ist nicht sehr glücklich bei dem Gedanken und macht sich ziemliche Sorgen.«

»Das kann ich gut verstehen.«

»Ja, M'lady, aber die Wahrheit ist«, fuhr Tomkins

fort, »daß er vor allem seiner Augen wegen sehr beunruhigt ist.«

»Ich bin ganz sicher, daß alles gut werden wird«, antwortete Saska.

»Dann sorgen Sie doch bitte dafür, daß er es ebenfalls glaubt, M'lady«, sagte Tomkins fast heftig. »Ich diene Seiner Gnaden schon viele Jahre und war auch in der Armee bei ihm. Im Feld war er mutig wie ein Löwe, fürchtete weder Tod noch Teufel. Aber blind zu bleiben wäre schrecklich für ihn.«

»Ja, Tomkins, das verstehe ich. Aber was kann ich tun?«

»Überzeugen Sie ihn davon, daß es Ihnen so oder so nichts ausmacht, egal, ob er wieder sehen kann oder nicht. Das ist alles, was er wissen muß.«

Die Art, wie Tomkins sprach, erinnerte Saska an Nanny. Sie wußte, daß er sich um seinen Herrn sorgte, als wäre dieser noch ein kleiner Junge, der Schmerzen hatte.

»Ich werde alles tun, was in meinen Kräften steht«, versprach sie. »Sie können sich auf mich verlassen.«

»Das wollte ich hören, M'lady«, erwiderte Tomkins, und ohne ein weiteres Wort ging er vor ihr her und öffnete Saska die Tür zur Suite des Duke und dann die Tür, die in dessen Schlafzimmer führte.

Der Duke setzte sich im Bett auf. Saska dachte, daß er trotz des Verbandes sehr attraktiv und ehrfurchtgebietend aussah. Gleichzeitig spürte sie seine Unruhe, die er nicht ganz zu verbergen vermochte.

Sie trat zu ihm ans Bett, und er sagte abrupt:

»Ich nehme an, du weißt bereits, was morgen geschehen soll.«

Weil sein bloßer Anblick genügte, das Glücksgefühl wieder wachzurufen, das sie gestern in seinen Armen empfunden hatte, fiel es Saska unsagbar schwer, ihm mit normaler Stimme auf seine Bemerkung zu antworten.

»Deine Großmutter hat es mir gesagt«, erwiderte sie. »Und ich glaube, du solltest genauso froh sein wie ich, daß du nun nicht mehr länger warten mußt. Es gibt nämlich nichts Schlimmeres, als warten zu müssen und sich Sorgen zu machen.«

»Wer sagt, daß ich mir Sorgen mache?« fragte der Duke fast schroff.

Saska stand neben ihm, und weil sie nicht anders konnte, streckte sie die Hand aus und legte sie in seine. Seine Finger schlossen sich so fest um die ihren, daß es schmerzte.

Dann sagte er mit einer Stimme, die nicht wiederzuerkennen war:

»Ich habe – Angst.«

»Nein, nein, das darfst du nicht!« rief Saska. »Du bist so gesund und kräftig, daß wirklich kein Grund zu Befürchtungen besteht.«

»Ich habe keine Angst vor Schmerzen«, entgegnete der Duke. »Auch nicht vor der Operation. Ich fürchte mich nur vor dem Blindsein und davor, dich zu verlieren.«

Saska hielt den Atem an.

Die Art, wie er gesprochen hatte, verursachte ein leichtes Zittern in ihrem Körper, das sich nicht unterdrücken ließ.

»Du wirst mich nicht verlieren«, sagte sie zärtlich. »Ich weiß in meinem Herzen, du wirst wieder sehen können. Doch selbst wenn es nicht so wäre, machte das nicht den geringsten Unterschied.«

Der Griff um Saskas Hand verstärkte sich, bis alles Blut daraus gewichen schien.

Dann fragte er:

»Ist das dein Ernst? Meinst du das wirklich so?«

»Ja.«

Ein wenig hatte Saska mit der Antwort gezögert, denn der Gedanke war in ihr, daß Deirdre damit ganz bestimmt nicht einverstanden sein würde. Deirdre dachte nicht daran, einen blinden Mann zu heiraten.

Fast als wüßte er, was sie dachte, sagte der Duke:

»Schwörst du mir bei allem, was dir heilig ist, daß du mich auch dann heiratest, wenn wir nach der Entfernung des Verbandes feststellen, daß ich blind bleiben werde? Bitte, Liebste, sag es mir! Wirst du mich für den Rest meines Lebens als mein Blindenhund herumführen?«

Weil die Qual in seiner Stimme so offenkundig war und Saska es nicht ertragen konnte, ihn noch länger auf diese Weise sprechen zu hören, sagte sie rasch:

»Ich schwöre, ich werde bei dir bleiben und dich nie im Stich lassen.«

Bei diesen Worten dachte sie verzweifelt, daß sie Deirdre zu einem Leben verurteilt hatte, das diese unerträglich finden würde. Doch sie sah keine andere Möglichkeit, als dem Duke so zu antworten, wie sie es getan hatte.

Der Duke stieß einen Seufzer aus, der aus der Tiefe seiner Seele zu kommen schien. Dann fragte er:

»Wenn das wirklich dein Ernst ist, habe ich dir einen Vorschlag zu machen.«

Er sprach so, daß Saska neugierig wurde.

»Welchen Vorschlag?« fragte sie.

»Seit du mich gestern abend verlassen hast, denke

ich darüber nach, doch es fällt mir schwer, ihn auszusprechen.«

»Das kannst du aber. Vor mir brauchst du keine Hemmungen zu haben.«

Weil er ihre Hand immer noch wie in einem Schraubstock festhielt und sie einander so nahe waren, vermochte Saska kaum an etwas anderes zu denken, als an das Wunder seiner Küsse und den Aufruhr der Gefühle, die er in ihr entfacht hatte.

»Weil ich fest daran glaube, daß du mich liebst, möchte ich dich fragen, ob du mich heiraten willst, noch bevor ich morgen operiert werde und bevor der Arzt meinen Augenverband entfernt hat«, hörte sie den Duke sagen.

Die Umklammerung seiner Finger wurde noch stärker, und Saska wußte, daß er ihr jähes Erschrecken spürte, daß er ahnte, daß sie ihn aus weit aufgerissen Augen anstarrte.

»Ich ... ich verstehe nicht«, stammelte sie.

Zum ersten Mal, seitdem sie den Raum betreten hatte, lächelte der Duke.

»In Schottland, mein Liebling, gibt es einen sehr einfachen Weg, heimlich zu heiraten, ohne daß jemand etwas davon erfährt.«

»Heimlich?« wiederholte Saska und dachte, das, was sie sagte, müßte pure Einbildung sein oder einem Hirngespinst entstammen.

Der Duke zog sie näher zu seinem Bett.

»Setz dich zu mir – wie gestern abend«, sagte er, und seine Stimme duldete keinen Widerspruch. »Ich werde dir erklären, was ich vorhabe, falls du damit einverstanden bist.«

Wieder hatte Saska das Gefühl, zu träumen.

Sie gehorchte.

Er hob ihre Hand an die Lippen.

Als sein Mund ihre Haut berührte, spürte Saska nicht das Mondlicht, das sie gestern abend durchströmt hatte, sondern flammendes Sonnenlicht, das sie wie glühende Lava erfüllte und ihre Brüste zu verbrennen schien. Ihr Atem beschleunigte sich und drang stöhnend über die halbgeöffneten Lippen.

»Nun weiß ich, daß du mich wirklich liebst«, sagte der Duke weich. »Bitte, mein Liebling, ich möchte, daß du auf meinen Vorschlag eingehst. Besonders möchte ich es für den Fall, daß wir zu optimistisch sind und ich auf dem Operationstisch sterben könnte.«

»Ich weiß, daß dies – nicht geschehen wird!« stieß Saska stockend hervor.

»Niemand kann das sicher wissen«, erwiderte der Duke, »denn der Eisensplitter, der aus meinem Körper entfernt werden soll, sitzt ganz nahe beim Herzen. Das ist auch der eigentliche Grund, weshalb ich mich ruhig verhalten und das Bett hüten muß. Man fürchtet nämlich, daß er zu wandern anfangen könnte. Außerdem hatte sich die Wunde anfangs stark entzündet.«

»Wie furchtbar!« rief Saska. »Warum hast du mir das nicht gleich gesagt?«

»Ich wollte nicht darüber sprechen«, antwortete der Duke. »Aber da es mir vernünftig schien, habe ich ein Testament gemacht, in dem ich meinen gesamten persönlichen Besitz meiner Frau hinterlasse. Ausgeschlossen sind nur die Besitzungen und Häuser, die an den nächsten Duke fallen.«

»Ich möchte nicht, daß du das tust!« rief Saska. »Bitte, vergiß es. Wenn du nicht mehr lebtest, könnte ich es nicht ertragen, daraus irgendeinen Nutzen zu ziehen.«

»Ich dachte mir, daß du so reagieren würdest«, sagte der Duke mit tiefer Stimme. »Aber falls ich nicht sterben sollte, was – wie ich zugeben muß – im Augenblick wohl wahrscheinlicher ist, so besteht doch die Möglichkeit einer Erblindung. Ich wäre dann eine schreckliche Last für dich, mein Schatz – es sei denn, du liebtest mich so sehr, daß du den Glauben nicht aufgibst, daß ich wenigstens sehend werden könnte in dem Sinne, wie du es mich gelehrt hast, und daß mir das Licht der Griechen leuchten würde.«

»Das wird es. Ich glaube fest daran!«

»Aber nur, wenn du bei mir bist und mir immer wieder hilfst, nach diesem Licht zu streben«, sagte der Duke. »Ohne deine Unterstützung und deinen Trost würde ich es nicht schaffen.«

Saska wußte, daß hinter seiner Bitte eine Frage stand, die er an sie richtete und auf die er eine Antwort von ihr verlangte. Und da sie es nicht übers Herz brachte, ihn zu enttäuschen, sagte sie:

»Du weißt, daß ich das tun werde. Du weißt, daß ich dich liebe.«

»Ich weiß es, aber ich wollte sichergehen, absolut sicher«, versetzte er. »Und deshalb habe ich dir den Vorschlag gemacht, mich nach schottischem Gesetz heimlich zu heiraten – wovon niemand jemals etwas erfahren würde. Es sei denn, ich sterbe während oder nach der Operation.«

»Ich ... ich verstehe nicht.«

»Laß es mich dir erklären, mein Liebling!«

Einen Moment lang schwieg der Duke, dann fuhr er langsam fort:

»Damit für die Erfüllung meines Testaments Sorge getragen wird, habe ich einen altvertrauten Freund rufen lassen, der heute nachmittag hier eintreffen wird. Er ist älter als ich, aber wir sind oft zusammen zum Fischen gegangen, und er ist jetzt der Friedensrichter dieser Grafschaft.«

Saska ließ keinen Blick von den Lippen des Duke, während er sprach. Sie versuchte, ihm aufmerksam zuzuhören.

Doch sie hatte das Gefühl, ihr Kopf wäre mit Watte gefüllt, und es erschien ihr fast unmöglich, den Sinn seiner Worte zu begreifen.

»Sobald der Friedensrichter hier ist«, fuhr der Duke fort, »brauchst du vor ihm nur noch deine Zustimmung zu unserer Heirat zu geben. In dem Augenblick, da du dies tust, sind wir miteinander vermählt – vor Gott und den Menschen. In Schottland nennt man eine solche Ehe eine Konsensehe oder eine irreguläre Ehe. Doch sie ist absolut bindend und legal.«

Der Duke machte eine Pause. Dann sagte er:

»Und das, mein Schatz, ist es, worum ich dich bitte, damit ich – was immer morgen auch geschieht – sicher sein kann, daß du mein bist.«

Er verstummte, und Saska saß da in fassungslosem Schweigen.

Der Gedanke durchzuckte sie, daß sie ihn liebte und es ihr leichtfiel, seine Bitte zu erfüllen.

Aber wie konnte sie dies alles Deirdre erklären?

Wie sollte sie der Cousine klarmachen, daß sie sich in einer Lage befunden hatte, in der es ihr unmöglich gewesen war, dem Duke seine Bitte abzuschlagen?

Als verblüffe ihn ihr Schweigen, sagte er:

»Ist es zuviel, dich darum zu bitten? Schließlich wird niemand etwas davon erfahren, wie ich dir schon sagte. Und später können wir die Eheschließung in der Kirche ohne weiteres nachholen. In Anwesenheit unserer Freunde und Verwandten, mit einem Bischof, der die Trauungszeremonie abhält, einem Chor, der singt, und einem Dutzend Brautjungfern, die dich zum Altar geleiten – wenn du das wünschst.«

In seiner Stimme lag ein leicht verächtlicher Ton, als hielte er jeden weiteren Disput in dieser Sache für überflüssig.

Aber Saska wußte, daß Deirdre auf diese Äußerlichkeiten gesteigerten Wert legte und ohne diese Feierlichkeiten vielleicht gar nicht den Eindruck hätte, verheiratet zu sein.

Deshalb und weil sie sich im klaren darüber war, daß sie etwas erwidern mußte, sagte sie mit verängstigter Stimme:

»Bist du auch ganz... ganz sicher, daß es heimlich geschieht und niemand davon erfährt?«

»Ich schwöre es dir: Kein Mensch wird davon erfahren – mit Ausnahme des Friedensrichters und natürlich uns beiden«, versprach er. »Ich weiß, du fragst dich, was dein Vater und deine Mutter dazu sagen könnten. Aber wenn wir nach Süden fahren, wirst du deine Verlobungsparty haben wie geplant – und natürlich eine traditionelle Hochzeit mit allem Drum und Dran.«

»Daran habe ich nicht gedacht«, sagte Saska. »Ich meine nur, es könnte nicht richtig sein, etwas Heimliches zu tun.«

»Das einzige, was nicht richtig sein könnte, wäre, daß du mich nicht genug liebst. Du hast mir zwar versprochen, du würdest mich auch lieben, wenn ich blind bliebe und nicht mehr sehen könnte. Dennoch hältst du dir ein Hintertürchen offen, durch das du schlüpfen kannst, wenn es hart auf hart kommt.«

Die Stimme des Duke war voller Bitterkeit, und Saska konnte es nicht ertragen, daß er litt.

»Nein, nein, das ist es nicht!« rief sie. »Ich habe lediglich Angst, weil mir das Ganze so abenteuerlich erscheint.«

»Du hast Angst? Das glaube ich nicht. Außerdem warst du es, die mir gesagt hat, ich müsse die Initiative ergreifen und meinen Verstand mehr gebrauchen als früher.«

Er machte eine Pause, bevor er langsam fortfuhr:

»Es ist dieser Verstand – besser vielleicht noch: meine Intuition, die mir sagt, ich sollte unbedingt dafür sorgen, dich nicht zu verlieren, mein Liebling.«

Daß du mich tatsächlich verlieren wirst, ist unausweichlich, dachte Saska verzweifelt.

Dann plötzlich schien der Nebel, der sie umgab, zu weichen. Und weil sie ihn liebte, wußte sie, daß sie ihn nicht enttäuschen durfte.

Was spielte es schon für eine Rolle, wenn Deirdre es eine Zeitlang verheimlichen mußte, daß sie ihn bereits geheiratet hatte, ehe es zu der großen Hochzeitsfeier kam, bei der alle ihre Freunde und Verwandten anwesend sein würden?

Wichtig allein war, daß der Duke, bevor er sich der schweren Operation unterzog, von keinem Zweifel an ihrer Liebe gequält wurde. Er mußte sicher sein, daß er sich auf sie verlassen konnte und daß sie, auch wenn er für den Rest seines Lebens blind bleiben sollte, für immer bei ihm ausharren würde.

Saska hatte das Gefühl, auf einer Felsklippe zu stehen. Ein einziger Schritt trennte sie von der brodelnden See. Was von ihr in diesem Moment verlangt wurde, war der Sprung in die Tiefe. Und dennoch, seinen Vorschlag abzulehnen, hieße, seinem Glauben an sie den Todesstoß zu versetzen.

Sie holte tief Luft.

»Wenn es das ist, was du möchtest«, sagte sie mit leiser Stimme, »dann bin ich natürlich einverstanden.«

»Ist das dein Ernst? Dein wirklicher Ernst?

»Ja.«

Wie ein Schrei brach es aus ihm hervor, als er in höchster Erregung ausrief:

»Du liebst mich! Du liebst mich wirklich! Ich wußte es gestern abend schon, als ich dich küßte. Doch ich war mir nicht ganz sicher, weil es zu schön war, um wahr zu sein. Ich hielt es für einen Traum. Für eine Fieberphantasie. Jetzt allerdings hast du mir deine Liebe bewiesen, mein Liebling. Ich schwöre dir, daß ich alles tun werde, damit du diesen Schritt nie bereuen wirst.«

Er legte die Arme um sie, und dann küßte er sie mit einer Wildheit und Leidenschaft, die Schauer der Erregung über ihren Rücken sandten.

Als Saska sich ganz dem Glücksgefühl hingeben wollte, das sie durchströmte, klopfte es an die Tür.

Hastig löste sie sich aus der Umarmung des Duke, sprang auf und ließ sich auf dem Stuhl neben seinem Bett nieder.

»Herein!« rief der Duke scharf.

Es war Tomkins.

»Bedaure die Störung, Euer Gnaden«, sagte er, »aber ich bringe die Zeitungen.«

»Danke, Tomkins«, erwiderte der Duke. »Leg sie hierher aufs Bett.«

»Außerdem, Euer Gnaden«, fuhr der Diener fort, »ist Doktor Macpherson gekommen. Er möchte mit Ihnen wegen morgen sprechen.«

Saska erhob sich, um zu gehen.

»Ich werde dich jetzt verlassen«, sagte sie.

»Der Friedensrichter wird punkt vier heute nachmittag hier sein«, flüsterte der Duke. »Ich erwarte dich dann – es sei denn, du hättest deinen Entschluß geändert.«

»Das werde ich nicht.«

Saska vermochte kaum zu sprechen. Zu heftig war das Feuer in ihrem Innern, das seine Küsse entfacht hatten. Sie hätte ihn gern zum Abschied geküßt, doch sie wagte es nicht.

Als sie das Schlafzimmer des Duke verließ, traf sie Dr. Macpherson, den Hausarzt, im Vorraum.

»Ich nehme an, Sie sind Lady Deirdre Lang«, sagte er und streckte ihr die Hand entgegen. »Ihre Gnaden erzählte mir, wie sehr Sie ihrem Enkelsohn geholfen haben, seitdem Sie hier sind.«

Weil sie glaubte, ein Recht auf die Wahrheit zu haben, fragte Saska:

»Wie schlimm wird die Operation für Seine Gnaden werden?«

»Ich mache mir keine ernsthaften Sorgen«, antwortete Dr. Macpherson. »Ich bin zuversichtlich, daß alles ohne Komplikationen verläuft. Bisher haben wir mit der Operation gewartet, weil die Entzündung noch nicht ganz abgeklungen war. Das ist nun jedoch der Fall. Der Splitter steckt unmittelbar neben dem Herzen. Meine Untersuchung vor drei Tagen war ohne Befund. Ich schrieb sofort nach London, daß meiner Meinung nach einem Eingriff nichts mehr im Wege stehe und die gesundheitliche Situation sich um so rascher stabilisieren werde, je eher der letzte Fremdkörper entfernt worden sei.«

»Und seine Augen?«

»Das steht auf einem anderen Blatt«, erwiderte Dr. Macpherson. »Augen zählen nicht zu meinem Fachgebiet. Wir können nur hoffen, daß die Verletzungen, die anfangs recht beängstigend aussahen, inzwischen verheilt sind und keine bleibende Schädigung zurückgelassen haben.«

»Soll das heißen, daß Seine Gnaden vielleicht blind bleiben werden?«

»In diesem Punkt möchte ich mich nicht festlegen«, antwortete Dr. Macpherson ausweichend. »Aber Sir Colin Knowles, der als bester Augenspezialist in ganz England gilt, wird uns diese Frage beantworten können, sobald er Seiner Gnaden den Verband abgenommen hat.«

»Und dies wird nach der operativen Entfernung des Eisensplitters der Fall sein?«

»Ja«, antwortete Dr. Macpherson. »Die beiden Spezialisten haben für ihre Reise hierher den gleichen Zeitpunkt gewählt, weil sie sehr gute Freunde sind. Ich denke, Seiner Gnaden lebt nun lange genug in Ungewißheit. Er sollte endlich wissen, wie die Zukunft für ihn aussieht – so oder so.«

»Ja, da gebe ich Ihnen recht, Doktor«, sagte Saska. »Danke, daß Sie so offen zu mir waren.«

Weil sie kein weiteres Wort mehr hätte ertragen können, wandte sie sich ab und verließ die Suite. Dabei hatte sie das Gefühl, als ob die Welt kopfstünde, und sie wußte nicht, wie sie ihrer Angst Herr werden sollte.

Sie versuchte nicht, die Ducheß ausfindig zu machen, denn sie wollte nachdenken. Sie benutzte eine Seitentreppe und ging in den Garten. Doch auch hier konnte sie keinen klaren Gedanken fassen.

Wie konnte sie den Duke nur heimlich heiraten? Das war die Frage, die sie nicht losließ.

Und dennoch – wie konnte sie ihn zurückweisen?

Saska vermochte an nichts anderes mehr zu denken. Auch während des Luncheons, das sie allein mit der Ducheß einnahm, verfolgte sie diese Frage und danach, in der Zeit, während der Duke auf Drängen seines Dieners Mittagsruhe hielt.

Die Minuten dehnten sich zu Ewigkeiten, und dennoch nahte unerbittlich der Augenblick, da sie ihn heiraten sollte.

Plötzlich war ihr, als stehe ihre Mutter vor ihr, die sagte, daß es nichts Wichtigeres auf der Welt gebe als die Liebe.

Saska liebte den Duke, und deshalb mußte sie ihm helfen.

Das aber bedeutete, wie sie sehr wohl wußte, daß sie mit ihm vermählt sein würde, während er glaubte, er hätte die Ehe mit Deirdre geschlossen.

Sie selbst würde also nie wieder heiraten und nie einem anderen Mann die Hand zum Ehebund reichen können, ohne das Gefühl zu haben, den heiligsten Schwur zu brechen, den eine Frau in ihrem Leben ablegen kann.

Doch wenn sie sich selbst auch opfern mußte, es geschah wenigstens im Namen der Liebe. Und mit jedem Atemzug, den sie tat, wußte sie, daß ihre Liebe zum Duke immer noch stärker wurde.

Sie konnte sich nicht erklären, daß es so war, da sie

doch sehr genau wußte, daß er sie für eine andere hielt.

Für sie stand nur eines fest: Die Empfindungen, die er in ihr geweckt hatte, noch bevor er sie küßte, so leidenschaftlich und gleichzeitig so heilig und wundervoll, ließen sie jenes Licht finden, an das sie stets geglaubt hatte und das in jedem Menschen leuchtet.

Das Licht der Griechen. Das Licht, das von Gott stammt und das man in einem Wort zusammenfassen kann: Liebe.

*

Es war Viertel vor vier, als Saska ihr Zimmer verließ und zur Suite des Duke ging. Sie wußte, in diesem Augenblick zog Tomkins im Schlafgemach seines Herrn die Vorhänge auf, und der Duke wartete von diesem Augenblick an ungeduldig darauf, daß sie zu ihm kam.

Obwohl er sie nicht sehen konnte, hatte sie eines der schönsten Kleider angezogen, die Deirdre ihr überlassen hatte. Und sie war sich bewußt, daß sie noch nie attraktiver ausgesehen hatte, nie ein Kleidungsstück getragen hatte, in dem ihr Äußeres so wirkungsvoll zu Geltung kam wie in diesem.

Tomkins öffnete ihr die Tür. Als sie sich dem Bett näherte, hatte sie das seltsame Gefühl, der Duke blicke ihr voller Bewunderung in den Augen entgegen.

Am Bett angekommen, sagte sie mit leiser Stimme:

»Ich... ich bin da.«

»Ja«, erwiderte er. »Ich habe schon auf dich gewartet. Liebst du mich noch, meine Liebste?«

Er sprach in einem Tonfall, der Saska das Herz in der Brust umdrehte.

»Ja, ich liebe dich!«

»Genug, um mich zu heiraten?«

»Ja, wenn es das ist, was du wünschst.«

»Ich wünsche es mir so sehr, wie ich mir noch nie im Leben etwas gewünscht habe.«

Während er sprach, streckte der Duke seine Hand aus, und als Saska sie ergriff, sagte er:

»Du hast Angst, meine Süße. Aber das brauchst du nicht. Es wird allein unser Geheimnis bleiben. Was immer auch geschehen wird, ich werde für dich da sein und dich lieben. Du bist mein, und niemand wird dich mir nehmen können.«

Da sie keine Worte fand, um ihren Gefühlen Ausdruck zu verleihen, schlossen sich Saskas Finger fester um die seinen, und als ob der Duke sie verstanden hätte, hob er ihre Hand an die Lippen.

In diesem Augenblick wurde die Tür geöffnet, und Tomkins sagte:

»Friedensrichter Gordon möchte Ihnen seine Aufwartung machen, Euer Gnaden!«

Saska wandte den Kopf. Sie erblickte einen hochgewachsenen, gutaussehenden Mann, dessen Haar an den Schläfen leicht ergraut war.

Er trug einen Kilt mit dem Gordon-Muster und wirkte sehr beeindruckend, während er sich dem Bett des Duke näherte.

»Was hast du gemacht, Talbot?« fragte er. »Die Ducheß erzählte mir von deinem Unfall. Ich kann nicht verstehen, weshalb man mich nicht unterrichtet hat.«

»Ich wollte nicht, daß es sich herumspricht, wie dumm ich mich angestellt habe«, erwiderte der Duke. »Ich habe mich in einem Teil des Moores herumgetrieben, in dem ich nichts zu suchen hatte. Eine Legbüchse pustete mir eine Bleiladung ins Gesicht.«

Der Friedensrichter schaute entsetzt drein.

»Mein Gott, das tut mir aber leid – mehr, als ich dir sagen kann!«

»Ich wollte, daß du meine zukünftige Frau kennenlernst«, sagte der Duke. »Ich habe ihr bereits von dir erzählt.«

»Ich freue mich, Ihre Bekanntschaft zu machen, Lady Deirdre«, sagte der Friedensrichter und reichte Saska die Hand. »Die Ducheß berichtete mir schon, was Sie alles für den Duke getan haben, seit Sie zu uns in den Norden gekommen sind. Und da ich ein guter Freund von Talbot bin, kann ich Sie nur meiner tiefsten Dankbarkeit versichern.«

Bevor Saska etwas erwidern konnte, sagte der Duke:

»Hör zu, Jan, ich brauche deine Hilfe und möchte, daß du mir zwei Bitten erfüllst: Zunächst habe ich dem Sekretär meiner Großmutter meinen Letzten Willen diktiert, und du sollst die Echtheit meiner Unterschrift auf dem Dokument bezeugen und Sorge tragen, daß die Sache rechtskräftig ist.«

»Das geht in Ordnung«, erwiderte der Friedensrichter.

»Und dann möchten meine Verlobte und ich in aller Stille heiraten – vor dir und nach schottischem Recht«, fuhr der Duke fort.

Der Friedensrichter schaute den Duke überrascht an.

»Sprichst du von einer sogenannten Konsensehe?«

»Genau«, sagte der Duke fest. »Wenn ich die Operation morgen gut überstehe, wirst du der einzige Mensch sein, der von dieser Eheschließung weiß.

Stößt mir etwas zu, wirst du dafür sorgen, daß mein Letzter Wille in der gewohnten Weise erfüllt wird.«

»Deine Bitte ist sehr ungewöhnlich, und sie kommt ziemlich unerwartet für mich«, sagte der Friedensrichter zögernd.

»Du siehst in mir den Engländer, nicht wahr?« Der Duke lächelte. »Doch vergiß nicht, daß ich durch meine Großmutter zu einem Viertel Schotte bin. Und dieses Viertel appelliert an dich als einen schottischen Landsmann.«

Der Friedensrichter lachte.

»Unter diesen Umständen muß ich deiner Bitte natürlich nachkommen.«

»Na schön«, sagte der Duke.

Mit diesen Worten streifte er seinen Siegelring vom Finger und streckte die Hand nach Saska aus.

Zitternd legte sie die Linke in die seine.

Er steckte ihr den Ring an den Mittelfinger und sagte mit feierlicher Stimme:

»Ich möchte Ihnen, Jan Gordon, als dem Friedensrichter dieser Grafschaft, meine Ehefrau, die Ducheß von Silchester, vorstellen.«

Der Friedensrichter schaute Saska an und schien ihr ohne Worte sagen zu wollen, daß er nun darauf wartete, ihre Erklärung entgegenzunehmen. Und so sagte sie mit bebender Stimme:

»Ich ... ich möchte Ihnen, Friedensrichter Jan Gordon, meinen – Ehemann, den Duke von Silchester, vorstellen!«

Der Friedensrichter bedeckte ihre ineinanderliegenden Hände mit seiner Rechten und sagte:

»Nach schottischem Recht seid Ihr jetzt Mann und Frau. Möge Gott Euch segnen und Euren Bund erhalten, bis der Tod Euch scheidet.«

Die Art, wie er sprach, fand Saska bewegend. Sie spürte, daß der Duke das gleiche fühlte, denn seine Hand zitterte leicht, während er die ihre umschloß.

»Danke, Jan«, sagte der Duke dann ruhig. »Und nun, glaube ich, kann meine Frau uns allein lassen, damit wir die Einzelheiten meines Testaments besprechen – und natürlich auch die Aussichten für die Moorhuhnjagd im kommenden Herbst.«

In seiner Stimme schwang ein Lachen mit, das Saska verriet, wie glücklich er war. Und da sie sehr verlegen war, schenkte sie dem Friedensrichter ein kleines Lächeln und schlüpfte aus dem Zimmer.

Als sie die Tür hinter sich schloß, hörte sie den Friedensrichter sagen:

»Deine Frau ist wundervoll, Talbot. Das schönste Wesen, das ich je gesehen habe. Ich kann verstehen, daß du sie dir sichern wolltest.«

Dieses Kompliment war es, das Saska begreifen ließ, was sie getan hatte, und während sie auf ihr Zimmer eilte, um dort mit ihren Gedanken und Gefühlen allein zu sein, preßte sie die Hände auf ihre glühenden Wangen.

Es war ganz und gar undenkbar, daß sie nun eine verheiratete Frau war. Doch das Sonnenlicht spiegelte sich in dem Reif, den sie am Ringfinger trug, und bezeugte, daß es wahr war.

Gleichzeitig war ihr bewußt, daß der Duke der Meinung war, mit Lady Deirdre Lang verheiratet zu sein, der er in der Kirche noch einmal sein Jawort geben würde, sobald er sich gesund genug fühlte, die Reise in den Süden anzutreten.

Aber mochte es sein, wie es wollte, sie, Saska, war

nun die Frau des Mannes, den sie liebte, dem sie sich verbunden hatte – obwohl er das niemals erfahren würde.

6

Der Friedensrichter blieb bis zur Dinnerzeit beim Duke, und Saska konnte daher nicht wie gewohnt den Nachmittag im Krankenzimmer verbringen.

Sie war enttäuscht, als sie von Emily erfuhr, daß Ian Gordon immer noch im Haus war. Doch bis zuletzt hoffte sie, der Duke würde sie vor dem Abendessen doch noch zu sich rufen lassen.

Sie fürchtete sich zwar etwas vor dem Zusammensein mit ihm, wußte auch nicht recht, worüber sie mit ihm reden sollte. Andererseits aber glaubte sie, daß sie nach diesem entscheidenden Schritt, den sie getan hatten, die Zeit nicht getrennt voneinander zubringen sollten. Außerdem dachte sie an die Operation, die am nächsten Tag stattfand. Und sie sagte sich, daß er gerade zu diesem Zeitpunkt ihre Gesellschaft und ihren Beistand am nötigsten gebraucht hätte.

»Ich habe es doch nur für ihn getan«, sagte sie leise vor sich hin.

Und trotzdem gab ihr das Wissen, nun seine Frau zu sein, ein eigenartiges Glücksgefühl. Wenigstens in ihren Gedanken und Träumen würde sie von nun an für immer eins mit ihm sein.

Sie war seine Frau und er ihr Mann – bis der Tod sie scheiden würde. Die schlichte Zeremonie und ihr beiderseitiges Jawort hatten sie für immer miteinander verbunden.

Ein feierlicher Traugottesdienst in der Kirche war natürlich etwas anderes. Wie oft hatte ihr Vater von dem Tag gesprochen, an dem er sie mit dem Mann ihres Herzens vermählen würde.

»Ich bitte Gott unablässig darum, daß er mir die Gnade schenken möge, dich persönlich dem Mann anzutrauen, den du liebst und der dich liebt und mit dem du so glücklich wirst, wie ich es mit deiner Mutter war«, hatte er noch kürzlich zu ihr gesagt.

In seiner Stimme hatte ein Klang von Traurigkeit gelegen, wie stets, wenn er von ihrer Mutter sprach.

Saska wußte, daß er voller Dankbarkeit war für die Jahre, in denen er ein Glück erlebt hatte, wie es nur wenigen Männern auf dieser Erde beschieden ist.

»Ich könnte den Gedanken nicht ertragen, daß du mit einem Mann verheiratet wärst, den du nicht liebst«, hatte Reverend Mervyn Waverley hinzugefügt. »Und weil du weißt, was deine Mutter mir bedeutete und ich ihr, kannst du ermessen, was ein Mann und eine Frau empfinden, deren Herzen und Seelen in Liebe vereint sind.«

Es war selten, daß ihr Vater über so intime Dinge sprach. Saska wußte, daß er dieses Thema nur berührte, weil ihn etwas stark beunruhigt hatte.

Eine Woche später erfuhr sie dann, daß die Tochter einer seiner Freunde, mit dem er häufig korrespondierte, da sie beide Schriftsteller waren, ihrem Mann davongelaufen war, weil der sie ständig geschlagen hatte. Und um sich einer Ehe zu entziehen, die für die junge Frau immer mehr zur Hölle geworden war, flüchtete sie sich zu ihren Eltern und suchte Schutz im Haus ihrer Kindheit.

»Sie muß sehr unglücklich gewesen sein«, sagte Saska, als ihr Vater ihr davon erzählte.

»Die Ehe war von Anfang an ein Irrtum«, erwiderte Reverend Mervyn. »Der Bräutigam war viel zu alt für ein so junges Mädchen. Doch die Eltern begrüßten die Verbindung, denn der Mann war sehr reich.«

Er seufzte, bevor er fortfuhr:

»Es sind nicht Geld und Besitz, die eine Ehe glücklich machen. Die Liebe muß Mann und Frau zusammenführen. Nichts sonst ist von Wichtigkeit.«

»Ich liebe den Duke!« flüsterte Saska.

Doch sie fragte sich, was ihr Vater wohl dazu sagen würde, wenn sie ihm gestand, daß sie den Duke heimlich geheiratet hatte und ihn dabei in dem Glauben ließ, sie wäre Deirdre, mit der er bereits inoffiziell verlobt war.

Ihr Vater würde entsetzt sein, wenn er davon erfuhr. Anders ihre Mutter. Sie hätte sie gewiß verstanden.

»Ich konnte sein Leben nicht aufs Spiel setzen, indem ich ihn vor der Operation in eine tiefe Depression stürzte, weil er doch fürchtete, ich würde ihn nicht mehr lieben, wenn er für immer blind bliebe, Mama«, sprach sie in ihrem Herzen.

Sie wußte, wenn sie dem Duke seine Bitte abgeschlagen hätte und er die Operation nicht überlebt hätte, würde sie sich ihr ganzes Leben lang für eine Mörderin halten.

Nachdem sie ein Bad genommen hatte, öffnete Emily den Kleiderschrank und fragte, welches Kleid sie heraushängen sollte.

»Nimm einfach das, was dir am besten gefällt, Emily!« sagte Saska.

Sie kehrte dem Schrank den Rücken und dachte: So wundervoll die Kleider auch sein mögen, der Duke würde sie in keinem davon sehen.

Statt dessen würde er mit Deirdre an rauschenden Bällen teilnehmen, mit ihr unter funkelnden Kristallleuchtern dahinschweben. Und Deirdre würde ihn mit ihrer Schönheit genauso verzaubern, wie sie so viele andere Männer vor ihm verzaubert hatte.

Sekundenlang empfand Saska ein Gefühl von Eifersucht. Doch dann sagte sie sich, daß sie eigentlich allen Grund hatte, glücklich und dankbar zu sein. Dankbar aus tiefstem Herzen, denn sie hatte in Schottland weilen dürfen.

Und hier war sie dem wundervollsten Mann begegnet, den sie sich vorstellen konnte. Dem Mann, von dem sie geglaubt hatte, es gäbe ihn nur in ihren Träumen. Und dieser Mann hatte sie – geküßt.

Seine Lippen hatten ihr Seligkeit und Wonne in einer Fülle geschenkt, von der sie bisher angenommen hatte, sie wäre ein Privileg der Götter.

»Ich bin so glücklich gewesen, so unsagbar glücklich«, sagte sie leise. »Es ist nicht recht von mir, noch mehr zu verlangen.«

Ihr Vater hatte einmal den Satz geschrieben:

> *Da war ein geheimnisvolles Flügelschlagen, das Singen silberner Räder und das unbekannte Funkeln eines großen Lichts.*

Das war es, was sie gefühlt hatte, als der Duke sie

küßte und sie erkannte, daß es genau das war, was die Griechen gesucht und auch gefunden hatten. Etwas, das jeder denkende und fühlende Mensch, Mann und Frau, seit jenen vergangenen Tagen zu erringen suchte.

»Ich bin so glücklich gewesen, so unsagbar glücklich«, sagte sie sich. »Noch mehr darf ich nicht verlangen.«

Und doch war ihr bewußt, sie wollte mehr. Sie wollte für immer mit dem Duke beisammensein. Sie wollte, daß er nur sie küßte. Sie wollte glauben, daß er sie liebte, so wie sie ihn liebte.

Emily unterbrach ihre Gedankengänge.

»Hier, M'lady«, sagte sie. »Das ist das Kleid, das sie heute abend tragen sollten. Sie werden darin aussehen wie eine Frühlingsbrise.«

»Du bist ja direkt poetisch, Emily!« bemerkte Saska.

Zu ihrer Überraschung errötete Emily über das ganze Gesicht.

Als Saska sie fragend anschaute, gestand die Zofe zögernd:

»Es ist wegen – meinem Freund, M'lady.«

»Du hast einen Freund?« sagte Saska überrascht. »Wirst du ihn heiraten? Und wann?«

»Ich weiß es nicht, Miß. Wir werden noch einige Jahre sparen müssen, bis es soweit ist. Er schreibt mir Gedichte, und wenn ich mir auch nicht vorstellen kann, daß Sie viel davon halten würden, M'lady, mir bedeuten sie sehr viel.«

»Ich bin sicher, die Gedichte würden mir gefallen«, sagte Saska freundlich. »Ich hoffe nur, ihr werdet glücklich miteinander.«

»Danke, M'lady. Aber wir müssen sehr vorsichtig

sein, da wir doch im selben Haus arbeiten und Miß Hannah mich wie ein Habicht beobachtet. Sie wartet nur darauf, uns eins auswischen zu können.«

Saska hatte Deirdres Zofe nie besonders gemocht, und sie konnte durchaus verstehen, daß Emily Angst davor hatte, Miß Hannah könnte etwas über sie und ihren Freund herausfinden.

»Ich bin sicher, ihr werdet vorsichtig sein«, sagte sie. »Im übrigen bin ich sehr froh, daß du jemanden hast, den du liebst und der dir etwas bedeutet.«

»Es läßt alle Dinge in einem anderen Licht erscheinen, M'lady.«

Saska verstand Emily nur zu gut. Auch für sie hatte sich alles in ihrem Leben verändert, seit sie den Duke liebte.

Als sie in den Salon hinunterkam, war der Friedensrichter gegangen. Sie fand die Ducheß allein vor.

Sie unterhielten sich über die bevorstehende Operation, und Saska erfuhr, daß die Schlafkammer in der Suite des Duke zum Operationszimmer umgewandelt worden war.

Die Ausrüstung war aus Edinburgh gekommen und von den beiden Spezialisten zusammengestellt worden, so daß alles, was gebraucht wurde, vorhanden sein würde.

»Wir sind sehr froh, daß Tomkins eine so gute Krankenschwester ist«, meinte die Ducheß. »Er kümmert sich besser um den guten Talbot, als jede Frau es tun könnte.«

Saska lag auf der Zunge, zu sagen, daß auch sie eine gute Krankenschwester sei. Sie habe ihren Vater und besonders die Mutter oft genug gepflegt. Aber im letzten Augenblick schluckte sie die Worte hinunter.

»Natürlich«, fuhr die Ducheß fort, »werden Sie Tomkins helfen können. Ich bin überzeugt, daß er dafür sehr dankbar sein wird. Gleichzeitig dürfte er aber auch ein wenig eifersüchtig auf Sie sein.«

Saska hielt den Atem an. Dann sagte sie:

»Ich hätte es Euer Gnaden schon längst sagen müssen, daß ich übermorgen wieder abreisen werde.«

Die Ducheß blickte sie fassungslos an.

»Müssen Sie uns wirklich schon wieder verlassen.«

»Ich fürchte ja«, antwortete Saska. »Meine Eltern erwarten mich, und es ist bereits jemand bestimmt, der mich in London abholt und zu dem Bahnhof bringt, wo der Zug abfährt, der mich nach Hause bringt.«

Sie sah die Verwirrung auf dem Gesicht der alten Dame und fügte hastig hinzu:

»Als ich die Reise antrat, wußte ich ja nicht, daß der Duke noch einmal operiert werden muß und der Verband noch nicht entfernt ist.«

»Ich verstehe«, sagte die Ducheß. »Sie dürfen ihre Eltern natürlich nicht enttäuschen, wenn diese Sie zu einem bestimmten Zeitpunkt zurückerwarten. Andererseits glaube ich, daß Talbot sich entsetzlich aufregen wird, wenn er das hört.«

»Ich habe es ihm noch nicht gesagt«, gestand Saska. »Und ich möchte auch bis nach der Operation damit warten«.

»Ja, ja, natürlich. Wenn er jetzt davon erführe, wäre das grausam für ihn. Es könnte schlimme Folgen haben.«

»Leider kann ich die Abreise nicht verschieben«, betonte Saska. »Meine Zofe erhielt heute einen Brief, in dem es unter anderem heißt, daß es bei der vereinbarten Ankunftszeit in London bleibt.«

Saska spürte, wie überrascht die Ducheß war, weil sie nicht länger bleiben konnte. Und als sie nach dem Dinner den Korridor entlang zur Suite des Duke gingen, war die Herzogenwitwe nicht so herzlich zu ihr wie gewohnt.

Ich kann es ja doch nicht ändern, dachte sie mutlos und wußte, daß sie, wenn es nach ihr ginge, für immer auf dem Schloß bleiben würde.

Sie erreichten die Suite des Duke. Tomkins trat auf den Gang hinaus. In seiner besorgten Nanny-Art sagte er:

»Ich möchte, daß Seine Gnaden heute abend so früh wie möglich zur Ruhe kommt, Euer Gnaden.«

»Ja, selbstverständlich, Tomkins«, erwiderte die Ducheß. »Ihre Ladyschaft und ich bleiben nicht lange. Wir möchten nur kurz gute Nacht wünschen.«

»Ich hoffte, Euer Gnaden würden das sagen.«

Er öffnete den Ladys die beiden Türen, und sie betraten das Schlafzimmer. Als Saska zum Bett hinüberschaute, sah sie, daß der Duke lächelte.

»Wie fühlst du dich, mein lieber Junge?« erkundigte sich die Ducheß.

»Sehr gut«, antwortete der Duke, und Saska wußte, daß diese Worte für sie bestimmt waren.

»Das freut mich«, entgegnete die Ducheß. »Aber nun sagen Deirdre und ich dir gute Nacht, denn Tomkins besteht darauf, daß du heute abend früh einschläfst und eine geruhsame Nacht hast.«

»Das hoffe ich auch«, sagte der Duke, immer noch lächelnd.

Die Ducheß beugte sich über ihn und küßte ihn auf die Wange.

»Gute Nacht, und Gott segne dich!« sagte sie. »Der

Friedensrichter sagte mir, daß er vor deiner Abreise in den Süden einen Tag am Fluß mit dir verbringen will.«

»Das hat er mir auch gesagt«, erwiderte der Duke. »Wir haben eine Wette abgeschlossen: Wer den größten Salm fängt, bekommt von dem anderen fünf Pfund.«

Die Ducheß lachte.

»Dann hast du die Wette schon gewonnen. Ich kann mich nicht erinnern, daß Jan Gordon jemals mit einem größeren Salm nach Hause gekommen ist als du.«

»Es gibt immer ein erstes Mal.« Der Duke lachte, aber es klang nicht so, als hielte er einen Sieg des Freundes für möglich.

»Dann schlaf gut«, sagte die Ducheß und ging zur Tür.

Erst als sie dort angekommen war, warf sie einen Blick zurück und sagte:

»Zwei Minuten, Deirdre. Du weißt, wie ärgerlich Tomkins sonst wird.«

Sie verließ das Zimmer und schloß die Tür hinter sich. Der Duke streckte den Arm nach Saska aus.

»Hör zu, mein Liebling«, flüsterte er, während sich seine Hand um die ihre schloß. »Ich hätte dir vieles zu sagen, aber ich weiß, wie Großmutter und Tomkins sich aufregen würden, wenn du jetzt noch bliebst. Geh und komm in anderthalb Stunden, wenn alles schläft, noch einmal zu mir.«

Saskas Hand zitterte in der seinen.

»Glaubst du, das sollte ich tatsächlich tun?«

»Wenn du keine Angst hast, komme ich zu dir.«

Sie stieß einen leisen Schrei aus.

»Nein, unter keinen Umständen! Du mußt verrückt sein. Stell dir vor, du würdest dich verletzen!«

Dann sah sie, daß er lächelte, und wußte, daß er sie nur erschrecken wollte, um seinen Willen durchzusetzen.

»Wirst du kommen?«

»Wenn – du es möchtest. Aber falls Tomkins etwas merkt, wird er sehr böse sein, und deine Großmutter wird einen Schock bekommen.«

»Niemand wird etwas merken, wenn du vorsichtig bist«, sagte der Duke. »Alle werden bemüht sein, mich in Ruhe zu lassen und in keiner Weise zu stören.«

»Na schön, ich werde kommen«, versprach Saska mit einem Beben in der Stimme.

Er hob ihre Hand an die Lippen.

»Laß mich nicht zu lange warten«, sagte er. »Du weißt, das ist nicht gut für mich.«

»Nun versuchst du aber, mich zu erpressen!«

»Ich muß mit dir reden«, erwiderte er, »und es ist nicht einfach nur so dahergeredet, wenn ich sage, daß ich mich aufregen werde, wenn du nicht kämst. Ich würde dann tatsächlich versuchen, zu dir zu kommen.«

»Ich glaube, du benimmst dich nicht gentlemanlike«, sagte Saska. »Aber gut, ich werde für kurze Zeit herkommen – damit du dich nicht aufregst.«

»Das wollte ich hören«, antwortete der Duke und küßte sie.

Saska verließ das Zimmer und fand Tomkins wartend in der Diele.

»Machen Sie sich keine Sorgen, Eure Ladyschaft«, sagte er. »Gehen Sie, und schlafen Sie gut. Seine Gnaden befinden sich in den besten Händen.«

»Ich werde mir keine Sorgen machen, Tomkins. Ich weiß, wie gut Sie sich um ihn kümmern. Und ich bin Ihnen sehr dankbar dafür.«

Sie schenkte dem Diener ein Lächeln, dann trat sie auf den Gang hinaus.

Emily wartete bereits auf sie, um ihr beim Auskleiden zu helfen.

»Du denkst hoffentlich daran, Emily«, sagte Saska, »daß wir übermorgen abreisen müssen. Wie Mister Evans mir sagte, fährt der Zug schon in aller Frühe.«

»Ja, ich weiß, M'lady«, gab Emily zur Antwort. »Wenn wir ihn verpassen sollten, werden Ihre Ladyschaft und Miß Hannah sehr wütend sein.«

»Da haben Sie recht.« Saska seufzte. »Ich habe Ihrer Gnaden schon gesagt, daß wir fahren müssen.«

»Ich gebe zu, der Aufenthalt hier war eine schöne Abwechslung«, meinte Emily nachdenklich, während sie Saskas Kleid in den Schrank hängte. »Trotzdem werde ich mich freuen, wieder zu Hause zu sein.«

»Und natürlich deinen Freund wiederzusehen, nicht wahr?«

Saska lächelte.

»Ja«, erwiderte das Mädchen und setzte nach kurzem Zögern hinzu: »Und Miß Hannah wird wieder unentwegt an mir herumnörgeln und mich umherscheuchen wie ein Kaninchen.«

Sie schwieg einige Sekunden, und als Saska nicht antwortete, fuhr sie fort:

»Es war richtig schön, Sie zu bedienen, M'lady. Es ist schade, daß Ihre Ladyschaft nicht so umgänglich ist!«

Auch diesmal sagte Saska kein Wort. Sie wußte, es wäre ein Fehler, die Cousine vor der Dienerschaft zu kritisieren.

Aber es war ihr klar, wie schwierig Deirdre sein konnte, wenn sie einmal nicht ihren Willen bekam, und sie konnte sich gut vorstellen, wie sehr Emily unter der Launenhaftigkeit ihrer Herrin und auch der von Miß Hannah zu leiden hatte.

Sie dachte, daß das Mädchen, mochte es auch noch so einfältig sein, ein gehöriges Maß an gesundem Menschenverstand besaß.

»Du hast ganz recht, Emily«, sagte sie laut. »Egal, wo man auch gewesen sein mag, es ist immer schön, wieder nach Hause zu kommen.«

Seltsamerweise war sie von der Wahrheit ihrer Worte nicht restlos überzeugt. Ein unbehagliches Gefühl beschlich sie, daß das Leben im Vikariat nie wieder so sein würde wie früher. Wenn sie Schottland verließ, würde ihr Herz beim Duke zurückbleiben.

Sie bürstete ihr Haar, bis es wie Gold glänzte. Dann schlüpfte sie in eines der hauchdünnen, spitzenbesetzten Nachthemden, die einmal Deirdre gehört hatten.

Sie war sehr glücklich und dankbar, daß auch dieses Nachthemd und außerdem ein zauberhaftes Negligé mit zu ihrer Ausstattung gehörte.

Mrs. Macdonald und die anderen Hausmädchen hätten es gewiß sehr seltsam gefunden, wenn sie ihre einfachen Leinennachthemden, die sie zu Hause trug, und ihr bestes Kleid gesehen hätten, das viel zu kurz und abgetragen war, um noch als vornehm zu gelten.

Nun denn, der Alptraum war an ihr vorübergegangen! In dem Chiffonnegligé mit seinen zierlichen blauen Samtschleifchen sah sie jetzt wie eine Märchenfee aus.

Nachdem Emily sie verlassen hatte, kniete Saska wie an jedem Abend vor dem Bett nieder und verrichtete ihr Nachtgebet.

Sie betete für den Duke: um ein gutes Gelingen der

Operation am morgigen Tag, um seine völlige Gesundung und vor allem um die von ihm so heißersehnte Wiedererlangung seiner Sehkraft.

Sie hoffte, daß er auch nach ihrer Abreise noch längere Zeit den Möhren- und Selleriesaft trank und auch die rohen Salate zu sich nahm, welche die Köchin ihm zu jeder Mahlzeit zubereitete.

»Bitte, lieber Gott«, betete sie, »gib, daß ihm meine Rohkost geholfen hat!«

Sie wußte, daß es richtig gewesen war, ihm die Ernährung zu empfehlen, die ihre Mutter bevorzugte und die schon vielen Menschen geholfen hatte.

Auf dem Kaminsims stand eine große goldene Kaminuhr. Saska beobachtete ungeduldig die Zeiger, die so langsam vorwärtswanderten, daß sie glaubte, die Zeit würde stillstehen.

Endlich war es dann halb zwölf, und Saska spürte, wie eine wilde Erregung sie überfiel. Während ihr Verstand sie noch einmal vor dem beabsichtigten Schritt warnte, wußte sie gleichzeitig, daß sie die Warnung in den Wind schlagen würde, da der Duke es so wollte und neben ihm nichts und niemand für sie von Wichtigkeit war.

»Er will, daß ich komme«, sagte sie zu sich. »Vielleicht ist es das letzte Mal, daß ich ihm zu Gefallen sein kann.«

Sie schob den quälenden Gedanken beiseite, denn sie konnte es nicht ertragen, der Tatsache ins Auge zu sehen, daß dies wirklich die letzte Gelegenheit war, da sie zusammensein würden. Denn nach der Operation am folgenden Tag würde man sie wohl kaum sofort zu ihm lassen.

Ja, sie hatten nur noch diese Nacht.

Danach würde sie nie mehr seine Stimme hören, nie mehr seine Küsse spüren.

Bei der Erinnerung an seine Küsse begann ihr Herz wie wild zu pochen. Sie hatte den Wunsch, so schnell sie konnte zu seinem Zimmer zu laufen, um sich zu vergewissern, daß er sehnsüchtig auf sie wartete.

Doch sie zwang sich zur Ruhe, erhob sich von den Knien, zog das Negligé über und öffnete vorsichtig die Tür ihres Zimmers. Sie lauschte, ob jemand auf dem Gang war.

Es war alles still. Nur einige Kerzen brannten in den silbernen Wandleuchtern, die das Macdonald-Wappen trugen.

Für Saska spendeten sie genügend Licht, um ihr den Weg zur Suite des Duke am Ende des Korridors zu weisen.

Auf ihren flachen Pantoffeln glich sie einem Geist, der sich lautlos über den mit einem Schottenmuster versehenen Läufer bewegte.

Als sie die Außentür zu den Räumen des Duke erreichte, drückte sie langsam die Klinke nieder. Die Angst, Tomkins wäre noch nicht zu Bett gegangen, schnürte ihr die Kehle zu.

In der kleinen Halle zwischen den beiden Türen blieb sie stehen. Aber nichts rührte sich in der Dunkelheit, und nachdem Saska die Korridortür leise hinter sich geschlossen hatte, tastete sie sich zur Schlafzimmertür vor.

Sie öffnete diese und sah den Duke, der wartend im Bett saß. Nur zwei Kerzen brannten in seiner Nähe.

»Du bist da?«

Seine Stimme klang dunkel, und etwas darin ließ ihr Herz erzittern.

»Ja, ich – bin – da.«

»Zieh die Vorhänge zurück!« befahl er. »Sag mir, ob die Sterne am Himmel stehen und der Mond scheint.«

Sie durchquerte den Raum und tat, was er verlangte.

Die Fenster waren geöffnet. Am Himmel leuchteten die Sterne, und der Mond ging soeben über dem Moor auf.

»Es ist wunderschön draußen«, flüsterte Saska, nachdem sie die Vorhänge des zweiten Fensters aufgezogen hatte.

»Du mußt es mir schildern!« bat der Duke.

Sie ging zum Bett, und als sie es erreicht hatte, verlangte er:

»Bitte, lösch die Kerzen! Ich möchte nur das Licht der Sterne im Zimmer haben.«

Sie war etwas überrascht, blies jedoch die Kerzen aus, wie er es wünschte.

Er tastete nach ihr, und seine Hände umfaßten ihre Schultern.

»Nun sag mir, was du anhast!«

»Ich glaube, deine Großmutter wäre entsetzt, wenn sie mich so sähe«, antwortete Saska. »Ich trage mein Nachthemd und ein sehr hübsches Negligé.«

Die Hände des Duke glitten über ihre Schultern und dann zu ihrem Hals, bis sie die kleinen Perlenknöpfe fanden, die das Negligé vorn auf der Brust zusammenhielten.

Er begann einen nach dem anderen aufzuknöpfen, doch Saska nahm es kaum wahr, weil sie sich seiner Nähe so eindringlich bewußt war.

Unter dem Baldachin vermochte sie ihn nur undeutlich zu erkennen. Und dennoch fühlte sie sich mit einer unwiderstehlichen Kraft von ihm angezogen.

Er streifte das Negligé von ihren Schultern, und als sie einen leisen Überraschungslaut ausstieß, schlang er die Arme um sie und zog sie zu sich ins Bett.

»Nein, bitte – nicht!« protestierte sie schwach.

Doch der Duke preßte sie an sich und sagte:

»Mein Liebling, mein Schatz, du bist meine Frau, und ich möchte dich in den Armen halten, so wie du bereits in meinem Herzen bist.«

Da ihr Körper den seinen berührte und ihr Gesicht an seiner Schulter lag, glaubte Saska, das Mondlicht durchströmte sie wieder wie in der Nacht zuvor. Es drängte von ihren Brüsten in ihre Kehle und hinauf zu ihren Lippen.

Sie glaubte, der Duke wollte sie küssen, und ihr Mund hob sich dem seinen entgegen.

Ihr ganzes Sein fieberte. Sie vermochte nicht mehr zu denken, konnte nur noch empfinden und fühlen.

Dann, als sie die Härte seines Körpers spürte, wurde sie sich bewußt, daß sie nur noch das hauchdünne Nachtgewand trug, und versuchte ihn von sich zu stoßen.

»Bitte, wir dürfen nicht... Ich...«

»Du bist mein«, unterbrach sie der Duke. »Du liebst mich, wie ich dich liebe. Gott, wie sehr liebe ich dich!«

Er zog sie wieder an sich, und nun konnte sie sich nicht mehr gegen ihn zur Wehr setzen, mußte sich seiner Stärke und Anziehungskraft ergeben.

Sie fühlte sein Herz wild gegen das ihre schlagen. Sie glaubte, sie hätte aufgehört, sie selbst zu sein, und wäre eingetaucht in ein himmlisches Licht.

Die Arme des Duke erschienen ihr wie aus Stahl, und Saska vermochte kaum zu atmen.

Dann sagte er:

»Ich liebe dich! Und bis zu diesem Augenblick wußte ich nicht, daß ich einmal eine Frau lieben könnte, ohne von ihr enttäuscht zu sein.«

»Ich liebe dich auch«, flüsterte Saska. »Wenn du mich küßt, ist es so wunderbar, daß ich denke, wir wären nicht mehr auf der Erde, sondern im Himmel.«

Sie vermochte nicht mehr weiterzusprechen, denn der Duke verschloß ihr den Mund, und sie fühlte, wie seine Lippen Besitz von ihr ergriffen.

Er küßte ihre Augen, die kleine gerade Nase, das edelgeschnittene Kinn. Dann wanderte sein Mund zum Hals hinunter, und er rief Gefühle in ihr wach, die sie nie für möglich gehalten hätte, denn sie waren wild und aufwühlend.

»Nein, nein!« rief sie mit bebender Stimme, denn die Erregung, die sie ergriff, war stark und fast schmerzhaft.

Dann, ohne daß sie wußte, was mit ihr geschah, küßte er ihre Brüste, und seine Hände glitten über ihren Körper.

Das Licht, das von ihr und vom Duke ausstrahlte, wurde heller und blendender, bis es sich verband mit dem Licht des Mondes und dem Licht der Gestirne, das durch das geöffnete Fenster ins Zimmer drang.

»Ich liebe dich, ich begehre dich«, stieß der Duke heiser hervor. »Mein Schatz, mein Liebling, du bist mein. Und was immer morgen auch geschehen wird, diese Nacht gehört uns.«

Seine Lippen wurden noch leidenschaftlicher und fordernder, und irgendwo in einer versteckten Ecke ihres Bewußtseins dachte Saska, daß sie ihm Einhalt gebieten sollte, doch sie konnte es nicht.

Statt dessen wurde der seltsame Lichtschein um sie her immer intensiver. Ein Rauschen wie von Silberschwingen und das Singen silberner Räder erfüllten die Luft.

Und plötzlich waren sie nur noch umgeben von funkelnden Gestirnen. Der Mond leuchtete, ein gewaltiger Flammenschein nahm sie auf, verschmolz sie miteinander zu einem Sein. Sie waren nicht länger Menschen, sondern Götter, Unsterbliche in einem Himmel des Glücks.

❋

Lange Zeit später sagte der Duke, und seine Stimme klang sehr dunkel:

»Wie kann jemand nur so wundervoll sein? Aber, mein Liebling, ich wollte nicht, daß es geschieht. Jedenfalls nicht in dieser Nacht.«

»Ich liebe dich«, erwiderte Saska. »Ich wußte nicht, daß Liebe so wundervoll ist.«

»Was hast du gefühlt?« fragte er.

»Ich kann es nicht mit Worten beschreiben. Überall war ein Singen und Leuchten, das aus uns beiden hervorbrach. Und als du mich zu deiner Frau machtest, glaubte ich, wir gehörten zu den Seligen, den Unsterblichen des Olymp.«

Er küßte ihre Stirn, bevor er sagte:

»Das, meine süße kleine Frau, ist, was ich mir wünschte. Das solltest du fühlen.«

»Und war es auch für dich so?«

Obwohl sie sein Gesicht nicht sehen konnte, wußte Saska, daß er lächelte, bevor er antwortete:

»Du bist für mich die Vollkommenheit, die ich immer gesucht habe und von der ich nicht glauben konnte, daß es sie gibt. Die Vollkommenheit der Liebe, die so ekstatisch und so überzeugend ist, daß ich nun bereit bin, sie für etwas Göttliches zu halten.«

Saska stieß einen glücklichen Seufzer aus.

»Ja, das ist es – etwas Göttliches. Es ist das, was du mich hast fühlen lassen. Was wir getan haben, war gut und heilig, und deshalb kann es nichts Böses sein.«

»Natürlich ist es nichts Böses«, erwiderte der Duke. »Du gehörst mir, meine Liebste, und ich werde dich lieben und ehren bis ans Ende unseres gemeinsamen Lebens.«

Saska stockte der Atem.

Wieder wurde sie sich bewußt, daß ihr gemeinsames Leben schon in dieser Nacht zu Ende ging. Doch sie schwieg. Sie sagte sich, daß sie die Kostbarkeit dieses Augenblicks nicht zerstören durfte.

Genauso wie sie es nicht übers Herz gebracht hatte, den Duke zurückzuweisen, als er sie lieben wollte, genausowenig wollte sie etwas zerstören, das so rein und heilig war, daß es nur von Gott kommen konnte.

»Ich liebe dich, ich liebe dich!« flüsterte sie.

»Sag es mir noch einmal«, verlangte der Duke. »Sag es mir immer wieder, obwohl es der Worte eigentlich gar nicht bedarf, mein Liebstes. Du hast mir deine Liebe bewiesen, wie keine andere Frau es jemals getan hätte. Ich möchte vor dir auf die Knie fallen, damit du weißt, wie sehr ich dich anbete.«

Er wartete Saskas Antwort erst gar nicht ab, sondern küßte sie zärtlich, als wäre sie etwas unsagbar Wertvolles und Kostbares.

Doch die samtene Nachgiebigkeit ihrer Lippen

erregte ihn aufs neue, und so wurde sein Kuß wieder fordernder und leidenschaftlicher, bevor er den Kopf hob und sagte:

»Wie ist es nur möglich, daß du in jeder Hinsicht so vollkommen bist? Wie ist es möglich, daß du genau die Frau bist, die ich mir ersehnt habe, so edel im Wesen, so reif als Persönlichkeit, so schön wie eine Göttin?«

Wieder küßte er sie. Voller Zärtlichkeit, voller Verlangen, voller Hingabe. Und wieder hatte Saska das Gefühl, das Mondlicht durchdringe ihr Innerstes mit Tausenden silberner Speere.

Und dieses Licht wurde heller und heller, und schließlich dachte sie, der Mond hätte den Himmel verlassen, um den Duke und sie einzuhüllen in seinen Glanz.

*

Lange Zeit danach öffnete Saska die Augen. Sie stellte fest, daß sie eingeschlafen war und der Duke schlafend neben ihr lag.

Ihr Kopf ruhte auf seiner Schulter, aber seine Arme hielten sie nicht mehr umschlungen. Er atmete tief und friedlich und wirkte sehr glücklich.

Inzwischen stand der Mond hoch am nächtlichen Himmel, und sein Licht flutete wie ein breiter Silberstrom ins Zimmer, so daß sie jede Einzelheit in seinem Gesicht deutlich zu sehen vermochte.

Obwohl seine Augen immer noch von dem dicken Verband verdeckt waren, wußte sie, daß seine Züge leuchteten vor Glück. Und sie war sicher, daß der gleiche Ausdruck auch ihre Züge verschönte.

Es erschien ihr wie ein Traum, daß sie die höchsten

Gipfel der Ekstase erklommen hatten und dennoch auf Erden weilten.

Einen Moment lang verspürte Saska den fast unwiderstehlichen Drang, den Duke wachzuküssen, damit er ihr noch einmal mit seiner dunklen Stimme sagte, wie sehr er sie liebte, und sie erneut den Zauber seiner Küsse und den Reiz seiner Zärtlichkeiten erführe.

Doch dann dachte sie an die bevorstehende Operation. Sie machte sich klar, daß er jetzt nichts Dringenderes brauchte als Ruhe und Schlaf.

Vielleicht hatte er seine Kräfte schon zu stark verausgabt, als er sie liebte. Doch gleichzeitig war sein Wille zum Leben dadurch gewiß stärker geweckt worden als durch alles andere.

Lange betrachtete sie ihn im Mondlicht. Sie goß ihre Liebe über ihn aus und betete zu Gott, daß er ihm seine ganze männliche Kraft wiederschenkte.

Dann rückte sie vorsichtig von ihm ab und schlüpfte aus dem Bett.

Sie hob ihr Negligé auf, das zu Boden geglitten war, warf noch einen letzten Blick auf den schlafenden Duke und dachte, wie verzweifelt und bedingungslos sie ihn liebte.

Sie durchquerte den Raum, trat in die kleine Halle und von dort auf den Gang hinaus.

Als sie die Außentür leise hinter sich ins Schloß zog, dachte sie, daß sie sich jetzt selbst aus dem Paradies vertrieb, daß es nie wieder eine Möglichkeit der Rückkehr geben würde.

Sekundenlang glaubte sie es nicht ertragen zu können, den Mann zu verlassen, der ihr mit seiner Liebe die Tore ins Land der Unsterblichen aufgestoßen hatte.

Ich werde ihn wecken und ihm die Wahrheit sagen,

dachte sie. Ich werde ihm meine Liebe gestehen und ihn bitten, mich zu heiraten anstelle von Deirdre.

Doch gleichzeitig wußte sie, daß sie das niemals übers Herz bringen würde.

Sie würde den Duke in eine zwielichtige Position bringen. Man würde ihn des Wortbruchs bezichtigen und ihn zu einer Ehe mit ihr zwingen, die er innerlich ablehnte.

Und die Folgen davon würden sein, daß er sie haßte.

»Es gibt nichts, was ich tun kann«, sagte sie sich. »Außer einem: Ich kann ihn immer noch heimlich lieben, denn unsere Trauung war geheim.«

Erst auf ihrem Zimmer ließ sie ihrer Verzweiflung freien Lauf. Sie legte sich ins Bett, vergrub das Gesicht in den Kissen und weinte hemmunglos.

Der Duke hatte sie in den Himmel getragen, und nun war sie wieder auf der Erde. Sie hatte das Gefühl, die Tränen, die ihr über die Wangen rannen, wären Blutstropfen, die von ihrer eigenen Kreuzigung stammten.

*

Am nächsten Morgen sagte Emily, nachdem sie Saska geweckt hatte:

»Sie haben Seine Gnaden ins Operationszimmer gebracht, M'lady. Tomkins ist so aufgeregt, daß man annehmen könnte, er wäre es, der operiert würde.«

»Hat man mit der Operation schon begonnen?« fragte Saska aufgeschreckt. »Warum denn so früh?«

»So früh ist es gar nicht mehr, M'lady«, erwiderte Emily. »Ich war um acht hier wie immer, aber Sie schliefen so tief und fest, daß ich mich nicht getraut habe, Sie zu wecken.«

»O Gott, ich wollte doch unbedingt mit der Ducheß frühstücken!« rief Saska.

»Ich sagte Ihrer Gnaden, daß Sie noch schliefen. Sie meinte, damit habe sie gerechnet. ›Das arme Kind wird vor lauter Sorgen um den Duke nicht eingeschlafen sein‹, sagte sie. ›Am besten, wir lassen sie in Ruhe und warten, bis sie aufwacht.‹«

Saska blickte zur Uhr hinüber, und Emily sagte:

»Da es inzwischen bereits elf Uhr vorbei ist, dachte ich mir, Eure Ladyschaft würden jetzt wünschen, daß ich Sie wecke.«

»Ja, natürlich«, antwortete Saska. »Ich schäme mich, daß ich so lange geschlafen habe.«

Es war ihr klar, daß sie in Wirklichkeit nur ein paar Stunden geschlafen hatte. Sie hatte geweint, bis die Sterne am Himmel verblaßt waren und sich über dem Moor die ersten goldenen Finger der aufgehenden Sonne zeigten.

Erst danach mußte sie in den Schlaf gefallen sein. Ihr Kopf fühlte sich schwer an, und die Augen waren gerötet und geschwollen von vergossenen Tränen.

Sie wusch sich mit kaltem Wasser und hoffte, die Ducheß würde ihr Aussehen nicht bemerken. Doch dann fiel ihr ein, daß sie denken würde, sie hätte sich Sorgen um den Duke gemacht und deshalb geweint.

Sie trat ans Fenster und schaute über das Moor. Der Anblick war so überwältigend, daß sie an den Zauber der vergangenen Nacht denken mußte. Ganz plötzlich war ihre Niedergeschlagenheit wie weggewischt. Sie konnte nur noch an die Küsse des Duke denken und daran, daß er sie zu seiner Frau gemacht hatte, während das Licht der Götter und das Licht der Liebe sie einhüllten.

»Niemand kann mir diese wundervollen Stunden nehmen«, sagte sie sich.

Nachdem sie sich angekleidet hatte, begab sie sich in den Frühstücksraum, um sich bei der Ducheß zu entschuldigen.

»Entschuldigen Sie sich nicht, meine Liebe«, sagte diese nur. »Ich kann mir denken, wie schrecklich die vergangene Nacht für Sie war. Sie konnten nichts Besseres tun, als zu schlafen. Ich weiß, es wird Sie beruhigen, wenn Sie hören, daß Talbot nach Tomkins Auskunft eine sehr gute Nacht verbracht hat. Er muß heute morgen in bester Laune gewesen sein. Stellen Sie sich vor, er hat sogar mit den Ärzten gelacht und Scherze gemacht. Tomkins meinte, er habe den Eindruck gehabt, sein Herr gehe zum Fischen an den Fluß und nicht zu einer Operation.«

»Ich bin ja so – froh«, sagte Saska.

Sie hatte zwar nicht geglaubt, daß der Duke das, was in der Nacht geschehen war, bedauern würde, wohl aber hatte sie befürchtet, daß die Anstrengung zuviel für ihn gewesen sein könnte.

Nun lösten sich ihre Bedenken und Ängste in Luft auf.

Das Glück, das sie sich gegenseitig schenkten, hatte seine Lebenskraft gestärkt.

Die Zeit verging quälend langsam. Es war unmöglich, an etwas anderes zu denken als an die Operation. Bis der Chirurg dann plötzlich den Salon betrat.

Ängstlich blickte die Ducheß zu ihm auf, während er auf sie zukam.

»Lassen Sie hören, Sir Lindsay«, verlangte sie. »Welche Neuigkeiten haben Sie für uns?«

»Sehr gute, Eure Gnaden«, antwortete der Arzt.

»Der Eingriff stellte sich als sehr einfach heraus. Es gab keine Komplikationen, und wir waren erfolgreich auf der ganzen Linie. In ein paar Tagen wird sich der Duke kaum noch an seine Krankheit erinnern, wie ich annehme.«

Die Ducheß preßte die Hände auf die Brust und sagte:

»Dem Himmel sei Dank – und natürlich Ihnen.«

Dann schien ihr einzufallen, daß er Saska noch nicht kannte, und sie sagte:

»Deirdre, ich möchte Sie Sir Lindsay Hardwick vorstellen, der in England einen hervorragenden Ruf als Chirurg genießt und nicht von ungefähr der Leibarzt des Prinzgemahls ist.«

Sir Lindsay streckte die Rechte aus.

»Ich habe schon von Ihnen gehört, Lady Deirdre«, sagte er. »Sie haben gute Vorarbeit geleistet und meinem Patienten sehr geholfen. Und deshalb freue ich mich besonders über die guten Nachrichten, die ich Ihnen bringen kann.«

»Und ich – bin sehr froh, sie zu vernehmen«, erwiderte Saska.

Sie sprach stockend, denn die Kunde, daß der Duke außer Gefahr war, hatte sie so glücklich gemacht, daß sie mit den Tränen kämpfte.

Sir Lindsay schien sie zu verstehen und sagte:

»Ich habe noch weitere gute Nachrichten für Sie, die Sir Colin in Kürze bestätigen wird.«

»Mit den Augen meines Enkelsohnes wird alles gut?« rief die Ducheß.

»Sir Colins geht davon aus. Während der Narkose Seiner Gnaden hat er eine Untersuchung der Augen vorgenommen und kam zu der Feststellung, daß sämtliche Narben verheilt sind. Es gibt keinen Grund zu der Annahme, daß die Augäpfel selbst verletzt wären.«

Die Ducheß seufzte erleichtert, bevor sie sagte:

»Gott hat meine Gebete erhört!«

»Was wir nun zu tun haben, ist, den Patienten wieder in sein Schlafzimmer zu bringen und dafür Sorge zu tragen, daß er in den nächsten vierundzwanzig Stunden fest und ruhig schläft. Wie Eure Gnaden wissen, ist Schlaf das beste Heilmittel.«

»Ja, da haben Sie recht«, stimmte die Ducheß zu.

»Danach werden Euer Gnaden ihn wieder in Ihre Obhut nehmen können. Doch ich glaube, nicht für sehr lange.«

»Ich kann Ihnen nicht sagen, wie glücklich Sie mich gemacht haben«, erwiderte die Ducheß. »Wir werden das Luncheon einnehmen, sobald Sie fertig sind. Und falls Sie und Sir Colin nichts Besseres vorhaben, würde ich vorschlagen, Sie schauen einmal nach, was die Salme im Fluß machen.«

Sir Lindsay lachte.

»Ich hoffte, Sie würden uns das anbieten. Vielleicht halten Sie es für sehr unverfroren, aber wir haben unsere Platzreservierungen nicht für morgen, sondern erst für übermorgen gebucht.«

»Ich wäre sehr ungehalten, hätten Sie Ihre Abreise früher geplant«, antwortete die Ducheß.

Während sie und Sir Lindsay miteinander sprachen, war Saska zum Fenster gegangen. Mit blicklosen Augen starrte sie in den Garten hinunter.

Sie kämpfte nicht nur gegen die Tränen an, die ihr über die Wangen zu laufen drohten, sondern auch gegen ein eigenartiges Gefühl – eine Mischung aus Freude und Verzweiflung.

Sie hätte jubeln können, denn der Duke war außer Gefahr und auf dem Weg der völligen Genesung. Ihre Liebe zu ihm war stark genug, daß sie zu einem solch selbstlosen und uneigennützigen Gefühl fähig war.

Andererseits jedoch waren es nur noch wenige Stunden bis zu ihrer Abreise. Ein Abschied für immer. Und keine Möglichkeit, ihn noch einmal zu sehen, geschweige denn, zu sprechen.

Keine Küsse mehr. Nicht ein einziger.

Nicht einmal die Chance zu einem wortlosen Lebewohl.

Tomkins würde wie der Engel mit dem Flammenschwert die Tür zum Schlafzimmer bewachen und jeden fernhalten, der seinen geliebten Herrn zu stören versuchte.

Aber es war nicht nur der eifrige Tomkins, der ihr den Zugang zum Duke verwehrte. Noch mehr war es das Wissen, daß es zu einer Katastrophe käme, wenn der Duke morgen seine Augen öffnete und sie, Saska, die Schwindlerin, erblickte.

Das ist das Ende! dachte sie.

Aschenputtel verließ den königlichen Ballsall und kehrte heim zu ihren Lumpen und ihrem Platz in der Küche. Das einzige, was ihr blieb, war die Erinnerung an den einen unglaublichen, unfaßbaren Augenblick, da sie das Herz des Prinzen gewonnen hatte.

Weil sie es nicht verhindern konnte, stahlen sich ihr zwei Tränen aus den Augen und rannen ihr die Wangen hinunter.

Mit einer heftigen Bewegung wischte Saska sie fort, und es gelang ihr, sich lächelnd zu Sir Colins umzuwenden, als dieser den Raum betrat.

Auch während des Mittagessens nahm sie ruhig und freundlich an der Unterhaltung teil.

Erst nachdem die Ducheß sie verlassen hatte, um ihren Mittagsschlaf zu halten, suchte Saska ihr Zimmer auf. Sie sah, daß Emily bereits dabei war, die Koffer zu packen, und der Trennungsschmerz überkam sie wie eine Flutwelle.

Sie fragte sich mit einem Mal allen Ernstes, ob sie sich in der Nacht nicht noch einmal zum Zimmer des Duke begeben sollte, und sie brauchte lange, bis sie diesen Gedanken als undurchführbar verwarf.

Es würde ein Fehler sein, ein großer Fehler.

Wenn sie ihn beunruhigte, konnte ihm das schaden. Außerdem mußte sie damit rechnen, daß Tomkins die ganze Nacht an seinem Bett saß, falls sein Herr trinken wollte oder unruhig wurde.

Emily war es, die ihren Verdacht gleich darauf bestätigte.

»Mister Tomkins gebärdet sich wie eine aufgeregte Glucke«, berichtete Emily auf Saskas Frage. »Er hält die ganze Dienerschaft auf Trab, scheucht alle hin und her, läßt sie dies und jenes holen. Man könnte glauben, er bewachte die Kronjuwelen von England anstatt einen Kranken.«

»Der Duke ist kostbarer als alle Juwelen der Welt«, erwiderte Saska.

»Ich muß zugeben, Sie haben recht, Eure Ladyschaft«, stimmte Emily zu. »Alle hier halten große Stücke auf ihn. Ich nehme an, zu Hause wird's nicht anders sein, wenn man hört, daß er Ihre Ladyschaft heiratet.«

Saska antwortete nicht, und während Emily ein

Kleid nach dem anderen in den Lederkoffer legte, sagte sie:

»Die Dienerschaft auf Hall dachte immer, Ihre Ladyschaft würde Lord Gerard heiraten. Sie war immer ganz verrückt nach ihm, und er ist netter als alle anderen, die jemals im Großen Haus zu Gast waren. Aber ein Duke ist eben ein Duke, nehme ich an. Und ein Lord rangiert neben ihm nur unter ›ferner liefen‹, nicht wahr?«

Saska dacht unwillkürlich, daß Emily bei weitem gewitzter war, als Deirdre und Hannah es glaubten. Aber sie wußte, daß es ein Fehler wäre, das Mädchen zu einem Gespräch über Deirdre zu ermuntern. Deshalb sagte sie nur:

»Du denkst ja daran, nicht über meinen Aufenthalt hier zu sprechen, Emily! Du weißt, wie zornig Ihre Ladyschaft dann wäre, nicht wahr?«

»Ja, und Miß Hannah«, fügte Emily hinzu. »Oh, sie hat mich deutlich genug gewarnt. Ich würde ohne Zeugnis entlassen, sagte sie, und ich bin nicht so dumm, meine Stellung aufs Spiel zu setzen, Miß.«

»Nein, da bin ich ganz sicher, daß du das nicht tust«, gab Saska zu. Außerdem warst du so hilfsbereit und entgegenkommend, daß die beiden dir äußerst dankbar sein werden.«

»Das bezweifle ich«, erwiderte Emily. »Aber ich hätte eine Bitte, Miß. Ich würde Sie gern schon mal im Vikariat besuchen kommen, wenn Sie nichts dagegen haben.«

»Aber natürlich nicht, Emily«, erklärte Saska sich einverstanden. »Du weißt, du bist dort jederzeit willkommen. Und deinen Freund bringst du mit. Es würde mich freuen, ihn kennenzulernen, und ich werde ihm sagen, wie glücklich er sein kann, ein so nettes Mädchen wie dich zu haben.«

Emilys Augen leuchteten.

»Das ist wirklich sehr freundlich von Ihnen, Miß. Man wird dann sagen, sie wären genau wie ihre Mutter, und das ist auch so.«

Saska dachte, daß Emily ihr kein schöneres Kompliment hätte machen können, aber in ihrer jetzigen Lage konnte sie sich nicht richtig darüber freuen.

Der Gedanke an den Duke ließ für nichts anderes Raum.

Als es schließlich Zeit war, zu Bett zu gehen, lag sie lange wach und dachte an das Glück der vergangenen Nacht.

Draußen schienen der Mond und die Sterne, und Saska hatte das Gefühl, ihr Licht nicht ertragen zu können.

Nie wieder würde sie in den Nächten den Himmel anschauen können, ohne an den Silberglanz zu denken, der das Schlafzimmer des Duke erfüllt hatte.

Tränen liefen Saska über die Wangen. Sie bebte am ganzen Körper und wußte, daß alles in ihr sich nach dem Mann verzehrte, der nur wenige Schritte entfernt in seinem Zimmer schlief und vielleicht von ihr träumte.

7

Während der Zug sie weiter nach Süden trug, kam Saska sich vor wie Persephone, die aus dem Frühlingssonnenschein in die Finsternis des Hades fuhr.

Jeder Nerv ihres Körpers erinnerte sie daran, daß sie für alle Zeit mit dem Duke in ehelicher Liebe verbunden war. Gleichzeitig jedoch sagte ihr die Vernunft, daß der Traum zu Ende war und sie für den Rest ihres Lebens ohne diese Liebe auskommen mußte.

Doch allein der Gedanke an den Duke genügte, die Verzückung und das Glücksgefühl wieder wachzurufen, die sie empfunden hatte, als er sie zu seiner Frau machte und der Mond seinen Platz am Himmel verließ, um sie beide einzuhüllen in das Licht der Götter.

Ich glaube, grübelte Saska, viele Menschen gehen durchs Leben, ohne diese Gefühle auch nur ein einziges Mal zu erleben. Und ich darf nie vergessen, daß ich das Glück hatte, die Liebe in all ihrer Schönheit und Herrlichkeit kennenzulernen!

Sie dachte an Deirdre.

Sie hatte die Aufgabe, die die Cousine ihr gestellt hatte, erfüllt. Der Duke hielt sie für Deirdre, und mit seinem neugeschenkten Augenlicht würde er sich an Deirdres Schönheit erfreuen und glücklich sein.

Saska versuchte ein Lächeln, aber dieser Gedanke war kein Trost für sie.

Er wird nie feststellen, welche Unterschiede es zwischen uns gibt, überlegte sie niedergeschlagen.

Ihr war zum Weinen.

Wäre Emily nicht dabeigewesen, sie hätte losgeheult wie ein Schloßhund. So aber sah sie sich gezwungen, ihre ganze Selbstbeherrschung und ihren ganzen Stolz aufzuwenden, um die Tränen zurückzuhalten, die in ihre Augen drängten.

Angestrengt starrte sie aus dem Abteilfenster auf die vorüberziehende Landschaft. Doch alles, was sie sah, war das Gesicht des Duke, und aus dem rhythmischen Stampfen der Räder hörte sie seine Stimme sagen:

»Ich liebe dich, meine süße kleine Frau.«

Saska hatte sich von der Ducheß nicht verabschieden können, denn sie und Emily hatten bereits um sieben Uhr früh das Schloß verlassen müssen. Und das war, lange bevor Ihre Gnaden geweckt wurde.

Aber sie hatte der alten Dame ein paar Zeilen hinterlassen, in denen sie ihr für die herzliche Gastfreundschaft dankte, die sie auf Strathconna Castle genossen hatte. Und sie hatte noch einmal zum Ausdruck gebracht, wie glücklich sie in der Zeit ihres Aufenthalts gewesen war.

Unter anderem schrieb sie:

> *Nie werde ich die Schönheit der Moore vergessen, das wundervolle Licht, in dem sie oft erstrahlten. Unvergessen wird mir Ihr herrlicher Garten sein und der silberne Schein des Mondes auf dem Loch Conna.*

Die Erinnerung an den Mondschein, der in das Zimmer des Duke fiel, erregte Saska aufs neue.

Nachdem sie den Brief an die Ducheß beendet hatte, hatte Saska an dem Tisch in ihrem Schlafzimmer gesessen und überlegt, ob sie auch dem Duke schreiben sollte.

Ohne ein Wort des Abschieds an ihn konnte sie unmöglich abreisen. Er würde ihre Gleichgültigkeit nicht verstehen und sich zutiefst verletzt fühlen.

Doch sie fürchtete, er könnte den Unterschied zwischen ihrer Handschrift und der von Deirdre feststellen.

Die Erzieherin im Großen Haus hatte Saskas Schrift der Cousine oft als Vorbild hingestellt.

»Ich begreife nicht, Lady Deirdre, weshalb Sie nicht so klar und schwungvoll schreiben wie Saska. Ihre Schrift ist sehr nachlässig, unordentlich und oft ein regelrechtes Chaos.«

Deirdre hatte gelacht. Aber das alles war schon so lange her, daß Saska sich nicht mehr im einzelnen an die Handschrift der Cousine erinnern konnte, zumal sie sich später nie geschrieben hatten. Den Versuch, Deirdres Schrift nachzuahmen, ließ sie also besser bleiben.

Lange Zeit zerbrach sie sich den Kopf darüber, was sie tun sollte. Schließlich schrieb sie in Großbuchstaben sechs Worte auf einen wappengeschmückten Briefbogen.

ICH LIEBE DICH AUS GANZEM HERZEN!

Es war die Wahrheit. So ganz und gar die Wahrheit, daß sich ihre Augen mit Tränen füllten, als sie auf das Geschriebene niederblickte. Und ehe sie es verhindern konnte, fiel eine Träne auf das Blatt und hinterließ darauf einen deutlichen Fleck.

Da sie wußte, daß sie diese Worte nicht noch einmal schreiben konnte, faltete sie den Briefbogen und steckte ihn in einen Umschlag. Sie adressierte ihn – wieder in Großbuchstaben – an:

SEINE GNADEN, DEN DUKE VON SILCHESTER

Beide Briefe ließ sie auf der Tischplatte liegen. Dann begann sie sich hastig anzukleiden, denn ein Blick auf die Kaminuhr zeigte ihr, daß es spät geworden war und sie keine Zeit mehr zu verlieren hatte.

Nachdem sie sich angezogen hatte, schlang sie rasch einige Bissen des Frühstücks hinunter, das Emily ihr aufs Zimmer gebracht hatte, und ließ sich von dem Mädchen in den Mantel helfen.

Dieselben Diener, die sie an der kleinen Bahnstation abgeholt hatten, brachten sie wieder dorthin.

Saska bedankte sich mit einem Trinkgeld bei ihnen und dachte, daß es das letzte Mal war, daß sie so großzügig über Geld verfügen konnte.

Nun saßen sie und Emily in einem reservierten Abteil, und der Zug ratterte gen Süden.

Zurück blieben die weiten Moore, die engen Täler, die bewaldeten Berge, die silbernen Flüsse und Seen.

Obwohl es sich bei ihrem Zug um einen Expreß handelte, trafen sie mit einiger Verspätung in London ein, und Mr. Evans schaffte es gerade noch, sie durch die Stadt zu dem anderen Bahnhof zu bringen.

Buchstäblich in letzter Minute erreichten sie den Zug, in den kurz vor Little Langworth Deirdre zusteigen würde.

Emily war schrecklich aufgeregt, Saska dagegen blieb völlig gelassen. Nun, da sie den Duke für immer verloren hatte, gab es nichts mehr, was für sie von Bedeutung war. Menschen und Dinge waren ihr gleichgültig geworden.

Doch als der Zug dann in die Station einlief, wo Deirdre auf sie warten sollte, wurde Saska doch von einer gewissen Nervosität erfaßt. Ursache dafür war die leise Furcht, daß zum Schluß doch noch etwas schieflaufen könnte.

Dann sah sie ihre Cousine auf dem Bahnsteig stehen. Deirdre sah hinreißend aus in der riesigen Krinoline, dem großen, mit Rosen dekorierten Hut und dem Blumenstrauß in der Hand.

Lord Gerard stand neben ihr, und als sie beide sich vor dem Wagen voneinander verabschiedeten, erkannte Saska an dem Ausdruck in seinem Gesicht, wie sehr er Deirdre liebte. Aber auch Deirdre schien der Abschied schwerzufallen.

Der Gedanke durchzuckte Saska, Deirdre könnte sich vielleicht entschlossen haben, den Duke doch nicht zu heiraten.

Mein Gott, dachte sie, dann könnte ich ihm sagen, daß ich es war, die ihn in Schottland besucht hat. Vielleicht wäre die Liebe, die er für mich empfindet, größer als sein Zorn über meine Täuschung.

Deirdre bestieg den Wagen, und als der Zug sich wieder in Bewegung setzte, vertrieb sie mit einem Schlag den winzigen Hoffnungsschimmer in Saska.

»Ihr seid zu spät«, sagte sie mit Schärfe in der Stimme, so als ob es Saskas Schuld wäre, daß auch dieser Zug Verspätung hatte.

»Sei froh, daß wir überhaupt mitgekommen sind«,

erwiderte Saska. »Um ein Haar hätten wir nämlich den Anschluß verpaßt, weil der Schottland-Express mit Verspätung in London eintraf.«

»Well, Hauptsache, ihr seid da!« versetzte Deirdre gleichgültig.

Sie legte den Strauß auf den freien Sitz neben sich und ordnete ihre Röcke, bevor sie fragte:

»Ich nehme an, es ist alles in Ordnung und niemand hat Verdacht geschöpft, daß du nicht ich warst.«

Es wirkte eigenartig auf Saska, daß Deirdres erste Frage nicht dem Gesundheitszustand des Duke galt. Doch sie antwortete:

»Niemand hatte den geringsten Verdacht. Der Duke wurde gestern operiert, und heute entfernt ein Augenarzt den Kopfverband.«

»Dann war es ja höchste Zeit abzureisen, bevor er dich sehen konnte«, sagte Deirdre.

Sie öffnete einen kleinen Beutel, der an ihrem Arm hing, holte einen zierlichen Spiegel hervor und betrachtete prüfend ihr Gesicht.

»Ich hatte eine wundervolle Zeit, Saska«, schwärmte sie. »Aber wir sind immer erst sehr spät ins Bett gekommen. Ich befürchte, daß mir das einige Fältchen unter den Augen eingebracht hat.«

»Du siehst hinreißend aus«, sagte Saska wahrheitsgemäß.

»Das sagt Harry auch«, erwiderte Deirdre. »Er hat natürlich recht. Ich sehe tatsächlich keinerlei Anzeichen von Müdigkeit in meinem Gesicht. Doch sobald ich zu Hause bin, werde ich mich ins Bett legen und schlafen.«

»Hast du dich gut amüsiert?« erkundigte sich Saska.

Deirdre steckte den Spiegel weg und sagte mit einer Stimme, in der zum ersten Mal eine gewisse Gefühlsregung mitschwang:

»Es war märchenhaft. Ich habe jeden Augenblick der Party genossen. Ich wünschte nur, du hättest die Komplimente hören können, die man mir machte!«

»Ich bin überzeugt, sie waren alle sehr aufrichtig gemeint.«

»Natürlich waren sie das. Harry drückte sich dabei so wortgewandt aus, daß man manchmal dachte, er wäre gar kein Engländer, die doch meistens so sprechfaul sind.«

»Ich bin sicher, in deiner Gegenwart können die Männer gar nicht anders.«

Sie blickte Deirdre bewunderdn an und dachte, daß diese in der Tat so hinreißend schön war, daß der Duke, sähe er sie beide nebeneinander, keine Sekunde lang zögern würde, Deirdre für die Frau zu halten, die er liebte und heiraten wollte.

Bei der Vorstellung, daß der Duke Deirdre in den Armen hielt und sie küßte, hatte Saska das Gefühl, ein Dolch bohrte sich in ihr Herz. Der Schmerz, den sie verspürte, war so jäh und stechend, daß sie unwillkürlich ihre Hand auf die Brust preßte.

Weil sie dabei seufzte, schaute Deirdre sie mißtrauisch an und sagte:

»Ich muß sagen, Saska, daß du in meinen Kleidern völlig anders aussiehst als sonst.«

»Es war sehr lieb von dir, mir all diese wundervollen Sachen zu überlassen. Ich bin dir dafür sehr, sehr dankbar.«

»In den Lumpen, die du normalerweise trägst, hättest du meine Rolle ja wohl nicht spielen können. Wie war die Ducheß?«

»Liebenswürdig, absolut liebenswürdig«, antwortete Saska. »Sie sagte, der Duke sei ihr Lieblingsenkelsohn. Nach ihrem Tod wird er das Schloß erben.«

»Well, was mich betrifft, hoffe ich, daß bis dahin noch eine sehr lange Zeit vergeht«, sagte Deirdre. »Wenn es einen Platz auf der Welt gibt, wo es mich nicht hinzieht, dann ist es Schottland.«

Sekundenlang schwieg Saska. Dann sagte sie mit einer Stimme, von der sie hoffte, daß Emily sie nicht verstand:

»Ich fürchte, ich habe da etwas falsch gemacht, Deirdre. Ich habe dem Duke gesagt, daß ich von Schottland begeistert bin und es für einen der schönsten Plätze halte, die ich je gesehen habe.«

»Das war dumm von dir!« fuhr Deirdre sie an. »Du weißt genau, daß ich das Leben auf dem Land hasse, ob es in England ist oder anderswo.«

Saska schwieg. Dann sagte sie fast unhörbar:

»Ich muß dich unbedingt sprechen, und zwar sobald wie möglich. Du mußt einige Dinge wissen, bevor du den Duke wiedersiehst.«

»Ich nehme an, ich soll mir die Albernheiten anhören, die du ihm gesagt hast. Du wirst mir hoffentlich keinen Ärger gemacht haben?« Deirdres Stimme klang scharf. »Well, wie dem auch sei, das alles kann warten. Die Verlobungsparty findet sowieso erst in zehn Tagen statt, und ich kann mir nicht vorstellen, daß der Duke schon lange vorher in den Süden kommt.«

»Was ich dir zu sagen habe, ist sehr wichtig!« beharrte Saska.

»All right, all right, reg dich nicht auf!« stieß Deirdre hervor. »Entweder besuche ich dich, oder du kommst nach Hall. Ich schicke dir einen Diener rüber, der dir sagt, wann ich Zeit habe.«

Sie schien nachzudenken, bevor sie hinzufügte:

»Übermorgen werde ich höchstwahrscheinlich nach London fahren – wegen meiner Aussteuer. Und zu Hause werden bereits einige Modelle und Entwürfe auf mich warten. Außerdem muß ich mich mit meinem Brautkleid befassen. Es soll so großartig werden, daß alle Frauen neidisch darauf sind.«

Sie begann über die verschiedenen Stoffe zu reden, die sie vorgesehen hatte. Und da sie immer mehr in Begeisterung geriet, fand Saska keine Gelegenheit, mit ihr über die Dinge zu sprechen, die ihrer Meinung nach so dringlich waren.

Außerdem befand Emily sich mit im Wagen, und Saska glaubte, das, was sie Deirdre zu sagen hatte, wäre nicht für die Ohren des Mädchens bestimmt.

Also schwieg sie, war aber ehrlich genug, vor sich selbst zuzugeben, daß sie eine entsetzliche Angst davor hatte, ihre Cousine könnte böse werden und einen Tobsuchtsanfall bekommen, wenn sie erfuhr, daß der Duke und sie vor seiner Operation nach schottischem Recht geheiratet hatten.

In Saska war eine schreckliche Unruhe, und deshalb versuchte sie nicht, für den Rest der Reise von Strathconna Castle zu berichten und von dem, was dort geschehen war.

Es war einfach zu offensichtlich, daß Deirdre nicht daran interessiert war. Sie hatte andere Dinge im Kopf und plapperte unentwegt weiter über ihre Aussteuer. Gelegentlich erwähnte sie Lord Gerard, aber auch nur, soweit er etwas über ihre Garderobe und ihr Aussehen gesagt hatte.

Als sie die Bahnstation erreichten, die in der Nähe von Langworth Hall lag, warteten eine Kutsche und ein Break auf sie.

Sie fuhren zuerst zum Vikariat, luden Saska und ihr Gepäck ab, und fuhren dann weiter zum Großen Haus.

Auf dem Bahnhof war auch Hannah aufgetaucht, die in einem anderen Wagen gesessen hatte, und Saska hörte sie zu Emily mit bissiger Stimme sagen:

»Du hättest dich, als wir vorhin zustiegen, zu mir ins Abteil setzen sollen, anstatt dich den jungen Ladys aufzudrängen, die dich gar nicht gebrauchen konnten.«

»Es tut mir leid, Miß Hannah«, sagte Emily und sah aus wie ein kleines verängstigtes Kaninchen beim Anblick einer Schlange. »Niemand hat mir gesagt, was ich tun sollte.«

»Dein eigener Verstand hätte dir das sagen müssen«, entgegnete Hannah scharf.

Wie ein begossener Pudel schlich Emily hinter Hannah her. Als Deirdre dann in die offene Kutsche stieg, wandte sich Saska zu Emily um und sagte:

»Auf Wiedersehen, Emily. Und vielen Dank. Sie haben sehr, sehr gut für mich gesorgt. Ich bin sicher, Hannah wäre sehr stolz auf ihre Schülerin gewesen, hätte sie gesehen, wie hervorragend Sie Ihre Aufgabe gemeistert haben.«

Als sie feststellte, daß Hannah den Anschein zu erwecken versuchte, als hätte sie ihre Worte nicht mitbekommen, setzte sie hinzu:

»Emily hat ihre Sache wirklich hervorragend gemacht, Hannah. Ich wüßte nicht, was ich ohne sie angefangen hätte.«

»Freut mich, zu hören, Miß«, erwiderte Hannah, doch es klang nicht sonderlich begeistert.

Saska wußte, daß es nichts gab, was sie sonst für Emily hätte tun können. Und da Deirdre schon ungeduldig wartete, kletterte sie ebenfalls in den Wagen und nahm neben der Cousine Platz.

»Sprich nur nicht mit deinem Vater darüber, daß du allein in Schottland warst«, sagte Deirdre, als der Wagen sich in Bewegung setzte. »Die einzige Person, die davon weiß, ist Emily, und mit der wird Hannah schon fertig werden.«

»Ich habe dir mein Wort gegeben«, sagte Saska unwillig. »Und du weißt genau, daß ich mein Wort halte, Deirdre.«

Doch Deirdre hörte schon nicht mehr hin. Sie war mit ihren Gedanken längst woanders. Vielleicht dachte sie, wie gut es gewesen war, ihre Cousine nach Schottland zu schicken und sich von ihr beim Duke vertreten zu lassen.

»Da ist etwas, das ich dir sagen muß, Saska.«

Deirdres Stimme klang irgendwie verlegen.

»Was denn?«

»Harry meinte – und er hat damit natürlich recht –, daß es ein Fehler wäre, wenn du zu meiner Verlobung oder meiner Hochzeit kämst.«

Saska hatte damit schon gerechnet, aber jetzt, wo Deirdre die Absage aussprach, war ihr, als hätte die Cousine ihr einen Schlag ins Gesicht versetzt.

»Es ist nicht so, daß ich fürchtete, der Duke würde dich wiedererkennen, das weißt du. Aber seine Großmutter könnte auftauchen, denn wir haben ihr natürlich eine Einladung geschickt. Außerdem nehme ich an, daß der Duke seinen Diener mitbringt, der dich bestimmt gesehen hat.«

»Ja, natürlich«, sagte Saska und dachte, daß Tomkins' scharfen Augen der Unterschied zwischen ihr und Deirdre sofort auffallen würde.

»Und wie Harry meint«, fuhr Deirdre fort, »kannst du andererseits eine Einladung aber auch nicht einfach ablehnen. In beiden Fällen mußt du also eine Krankheit vorschützen, um meiner Party und Trauung fernbleiben zu können.«

Als Saska schwieg, sprach Deirdre weiter:

»Für die Verlobungsfeier könntest du dir eine Erkältung zulegen und für den Hochzeitstag starke Kopfschmerzen – oder umgekehrt, das spielt keine Rolle.«

»Glaubst du nicht, die Leute im Dorf würden das etwas seltsam finden?« fragte Saska.

»Was kümmern mich die Leute im Dorf«, erwiderte Deirdre spitz.

Saska wußte darauf keine Antwort, und wenige Minuten später hielt die offene Kutsche vor dem Vikariat.

Deirdre bot der Cousine die Wange zum Kuß und sagte:

»Auf Wiedersehen, Saska, und danke für deine Hilfe.«

»Du denkst hoffentlich daran, daß ich mit dir reden muß. Du mußt unbedingt wissen, worüber ich mich mit dem Duke unterhalten habe!«

Sie würde Deirdre dann auch den Siegelring des Duke geben, obwohl sie sich darüber im klaren war, daß sie damit der Cousine das letzte Stück überließ, das sie mit ihm verband.

»Ja, ja, ich denke daran«, entgegnete Deirdre. »Aber das hat noch Zeit.«

Zu einer Erwiderung war es zu spät, denn der Diener hatte den Bock verlassen und öffnete den Wagenschlag.

Saska stieg aus, und das Gefährt setzte sich augenblicklich wieder in Bewegung. Es rollte davon, ohne daß sich Deirdre noch einmal umdrehte, um ihrer Cousine zum Abschied zuzuwinken.

Inzwischen hatte sich auch die Tür des Vikariats geöffnet, und Nanny erschien auf der Schwelle.

Saska begrüßte die gute alte Seele mit einem Kuß, während hinter ihr der Break hielt, der das Gepäck und die beiden Zofen beförderte.

Hannah und Nanny nickten einander ohne jede Freundlichkeit zu. Die beiden hatten sich nie gemocht.

Saskas Koffer und Hutschachteln wurden in die Halle gebracht, und der Break fuhr weiter, ohne daß die mitfahrenden Hausdiener auch nur das Angebot machten, Saskas Gepäckstücke auf ihr Zimmer zu bringen.

Nanny schloß die Tür mit einem deutlichen Knall hinter ihnen. Dann fragte sie:

»Haben Sie sich gut amüsiert, Miß Saska? Der Master hat Sie sehr, sehr vermißt. Und mir erging's nicht anders.«

»Auch ich habe euch vermißt, Nanny.«

Erst als sie auf ihrem Zimmer angelangt war und Hut und Reisecape abgelegt hatte, erinnerte sie sich daran, daß sie von dem Geld, das Deirdre ihr mitgab, noch einige Sovereigns übrighaben mußte. Dabei war sie mit ihren Trinkgeldern gewiß nicht knauserig gewesen, und die Diener auf Strathconna Castle hatten sich sehr darüber gefreut.

Sie fand noch fünf Goldstücke in ihrem Handbeutel.

Ich werde sie Deirdre zurückgeben, dachte sie. Ich darf das auf keinen Fall vergessen, wenn ich sie in den nächsten Tagen sehe.

Es gab also jetzt noch einen weiteren Grund, sich mit Deirdre zu treffen, obwohl sie das Gefühl nicht losließ, die Cousine wäre nicht im geringsten interessiert an dem, was sie ihr zu sagen hatte. Wahrscheinlich kam es noch so weit, daß der Duke auf Hall eintraf, ehe Deirdre wußte, was in Schottland geschehen war.

Das wäre eine Katastrophe. Saska machte sich Vorwürfe, daß sie nicht energischer darauf bestanden hatte, daß die Cousine sich anhörte, was sie ihr sagen mußte.

Im Zug war keine Möglichkeit dazu gewesen, denn Emily hatte bei ihnen gesessen. Und der Wagen, der sie von der Bahnstation abholte, hatte kein Verdeck gehabt. Die beiden Männer auf dem Kutschbock hätten jedes Wort, das Saska mit Deirdre wechselte, mitbekommen.

»Ich werde Deirdre schreiben«, sagte sie sich. »Sobald sie aus London zurück ist, muß sie zu mir kommen.«

Dann hörte sie die Stimmes ihres Vaters, der sie rief. Saska eilte die Treppe hinunter und warf sich in seine Arme.

*

Saska verließ die Kirche durch das Westportal. Sie lächelte den sechs alten Leuten zu, die außer ihr dem Frühgottesdienst beigewohnt hatten, und grüßte sie mit einem freundlichen guten Morgen.

Saska liebte den Frühgottesdienst am Sonntagmorgen. Die Kirche war dann kaum besucht, und sie hatte stets das Gefühl, allein dort und dem Gott, an den sie glaubte, ganz nahe zu sein.

An diesem Morgen hatte sie für den Duke gebetet, während die Sonne das Ostfenster zum Leuchten brachte und den Altarraum in ein überirdisches Licht tauchte.

Ihr war gewesen, als kniete sie im Himmel, dort, wo die Liebe des Duke sie schon einmal hingetragen hatte.

Am Tag zuvor hatte sie sich große Mühe mit dem Schmücken des Altars gegeben und zwei große Vasen mit Lilien in den Chorraum gestellt. Sie füllten die ganze Kirche mit ihrem Duft und versinnbildeten für Saska die Schönheit und Reinheit der Liebe.

Vikariat und Kirche verband ein kleiner überdachter Gang, der noch vom Vorgänger ihres Vaters herrührte. Der alte Geistliche hatte stark an Arthritis gelitten und sich vor Kälte und Feuchtigkeit hüten müssen.

An diesem Tag benutzte Saska den Gang jedoch nicht. Sie verließ die Kirche durch das Westportal und ging über den Friedhof und von dort aus in den Garten des Vikariats, denn sie wollte etwas Sonne mitbekommen.

Beim Betreten des Gartens löste sie die Hutbänder, nahm den Hut ab und genoß die Wärme auf ihrem Haar.

Da Sonntag war, trug sie eins der hübschen Kleider, die Deirdre ihr gegeben hatte.

Sie ging sehr sorgsam mit ihnen um. An den Werktagen, wenn sie Nanny im Haus half und sie keinen Besuch erwarteten, trug sie immer noch die alten Leinenkleider.

Während sie mit anmutig schwingender Krinoline über den Rasen schritt und sich dem Haus näherte, beschäftigte sie die Frage, ob ihre Gebete wohl den Weg zum Duke gefunden hatten und ob er noch in Schottland weilte oder schon auf dem Weg in den Süden war.

Seit ihrer Abreise waren acht Tage vergangen. In zwei Tagen sollte die Verlobungsfeier im Großen Haus stattfinden, zu der sie und ihr Vater eine Einladung erhalten hatten.

Als Saska sie las, überlegte sie unwillkürlich, ob sie es wagen sollte, Deirdres Wunsch zu mißachten und zu der Party zu gehen – wenigstens so versteckt, daß sie einen Blick auf den Duke werfen konnte.

Ich werde ihn nicht ansprechen, dachte sie. Es genügt mir, wenn ich ihn sehen kann.

Doch dann wurde ihr klar, daß dies äußerst gefährlich wäre und sie sich Deirdre gegenüber nicht auf eine so unehrenhafte Weise verhalten könnte.

»Ihr verdanke ich das wundervollste Ereignis meines Lebens«, murmelte sie. »Dafür muß ich ihr ewig dankbar sein.«

Doch ihr Herz schrie verzweifelt nach dem Duke. Und Nacht für Nacht weinte sie in ihr Kissen, obwohl sie sich dafür aus tiefster Seele verachtete.

Immer wieder preßte sie die Lippen auf den Ring, den er ihr an den Finger gesteckt hatte, bis sie zu glauben anfing, das Gold an dem Reif würde durch die vielen Küsse immer dünner.

Und wie um ihren Kummer und ihre Qualen zu vergrößern, war Deirdre nicht aus London zurückgekehrt. Als Saska sich auf Hall nach ihr erkundigte, erfuhr sie, daß Deirdre immer noch nicht wieder zu Hause sei, obgleich man sie dort dringend erwartete.

Saska konnte nur hoffen, daß Deirdre wenigstens am nächsten Tag auf Langworth Hall eintreffen würde.

»Ich muß ihr von der heimlichen Hochzeit berichten!« sagte sie sich unablässig vor.

In einem Brief konnte sie darüber nicht schreiben. Und da Deirdre sich in London amüsierte, war es unmöglich, mit ihr Verbindung aufzunehmen.

Im Haus hörte sie Nanny, die den kürzeren Weg von der Kirche zum Vikariat benutzt hatte und nun in der Küche hantierte.

Saska betrat die Diele und öffnete die Tür zur Küche.

»Kann ich helfen, Nanny?« fragte sie.

»Da gibt's nicht viel zu helfen. Für den Master hab' ich ein Ei, und Sie werden das Brot so essen müssen. Die faulen Hühner sind ihr Futter nicht wert.«

»Brot mit etwas Butter reicht mir dicke«, sagte Saska fröhlich.

Sie konnte allerdings nichts dagegen tun, daß vor ihrem geistigen Auge das Bild eines reichgedeckten Frühstückstisches stand mit zahlreichen Gerichten, unter denen sie nach Herzenslust wählen durfte. Auf Strathconna Castle hatte es jeden Morgen heißes Buttergebäck gegeben, frischgebackenes Brot, einen Topf Honig, Wurst und natürlich verschiedene Sorten hausgemachter Marmelade.

Diese Art von Frühstück werde ich wohl nie wieder bekommen, dachte sie.

Sie ging hinaus in die Diele, legte ihren Hut auf einem Stuhl ab und betrat das Wohnzimmer. Dort zog sie die Vorhänge zurück, um das Sonnenlicht hereinzulassen, und rüttelte die Kissen des Sessels auf, in dem ihr Vater am vergangenen Abend gesessen hatte.

Sein neues Manuskript, aus dem er ihr vorgelesen hatte, lag auf einem kleinen Beistelltisch. Und während sie die Seiten zusammenschob und in einen Ordner heftete, überfiel sie der jähe Wunsch, dem Duke vorlesen zu können, was ihr Vater geschrieben hatte.

Sie wußte, auch dieses Buch würde dem Duke zusagen. Wer »Das Licht der Götter« kannte und mochte, der würde auch Gefallen an dem neuen Werk ihres Vaters finden, für das er und sie noch keinen Titel gefunden hatten.

Vielleicht verkauft es sich besser als die früheren Werke, dachte sie hoffnungsvoll.

Sie konnte sich denken, welche Freude es ihm bereiten würde, wenn sie dem Vater sagen könnte, wie begeistert die Ducheß und der Duke von seiner Art zu schreiben waren. Am liebsten wäre sie auf der Stelle zu ihm in die Sakristei gelaufen, um es ihm zu erzählen. Doch sie hatte Deirdre ihr Wort gegeben, und so war sie zum Schweigen verurteilt.

Obwohl sie noch vieles zu erledigen hatte, begann sie in dem Manuskript zu blättern.

Wieder las sie die Abschnitte, die sie so wundervoll fand, daß die Lektüre sie in einen seltsamen Zustand des Glücks und der Erregung versetzte. Fast war es das gleiche Gefühl, das sie jedesmal ergriffen hatte, wenn sie im Zimmer des Duke am geöffneten Fenster stand und in die Nacht hinausblickte.

Saska vertiefte sich in den Text, und sie schrak tatsächlich ein wenig zusammen, als draußen in der

Diele Schritte erklangen, die sie daran erinnerten, daß sie im Augenlick eigentlich andere Dinge zu tun hatte, als im Manuskript ihres Vaters herumzublättern.

Er war sicherlich schon aus der Kirche zurück und wartete darauf, daß sie ihm beim Frühstück Gesellschaft leistete.

Saska legte das Manuskript schnell auf den Beistelltisch zurück, und als sie hörte, daß die Tür geöffnet wurde, wandte sie sich lächelnd um und sagte:

»Es ist deine Schuld, wenn ich noch nicht beim Frühstück bin, Papa. Dein Buch ist so aufregend, daß ich alles um mich herum vergessen...«

Das letzte Wort blieb ungesagt.

Der Mann, der ins Wohnzimmer trat, war nicht ihr Vater in seiner abgetragenen, fadenscheinigen Soutane, sondern jemand, der so stattlich, so elegant und imponierend aussah, daß sie ihn nur aus geweiteten Augen anschauen konnte, als handelte es sich um eine Erscheinung.

Seine dunklen Augen begegneten den ihren, und Saska hatte das Gefühl, der ganze Raum drehte sich um sie und die Decke stürzte mit lautem Getöse auf sie nieder

Es war der Duke, der ins Zimmer getreten war.

Sekundenlang schienen sie beide wie zu Stein erstarrt.

Als dann der Duke die Tür hinter sich schloß und langsam auf sie zukam, stieß Saska einen Seufzer aus. Mit einer Stimme, die einer Fremden zu gehören schien, sagte sie:

»Ich glaube, Sie haben sich geirrt und sind zum verkehrten Haus gekommen. Dies ist das Vikariat von Little Langworth und nicht – Langworth Hall.«

»Das weiß ich.«

Seine Stimme klang dunkel. Saska glaubte, daß er sie nicht wiedererkannt hatte, obwohl er sie forschend und – wie sie meinte – voller Neugier betrachtete.

Das Herz hämmerte in ihrer Brust. Ihre Lippen fühlten sich trocken an, und ihre Kehle war wie zugeschnürt. Dennoch gelang es ihr, die Augen gesenkt, zu sagen:

»Ich glaube, Sie... Sie suchen – Lady Deirdre Lang.«

»Nein«, widersprach der Duke. »Zufällig suche ich eine Miß Saska Waverley, da ich ihr etwas geben möchte.«

»Etwas – geben?« brachte Saska nach einer Pause mühsam hervor.

»Ja. Ich habe etwas, das ihr gehört und das sie, wie ich annehme, vermissen dürfte.«

Saska war so überrascht, daß sie den Blick hob und ihn sekundenlang anschaute. Dann sah sie wieder zu Boden.

Er war ihr nun ganz nah. Der kurze Blick hatte ihr gezeigt, daß sie noch nie einen so gutaussehenden Mann gesehen hatte. Schon als er noch die Binde vor den Augen trug, hatte sie dies angenommen, aber nun war der Eindruck so überwältigend, daß ihr schwindelig wurde, denn ohne seinen Kopfverband sah er noch beeindruckender und furchtgebietender aus als in Schottland.

Nie hätte sie es für möglich gehalten, daß ein Mann einen Raum mit seiner Männlichkeit so auszufüllen vermochte.

Saska spürte, daß er sie betrachtete, und wurde unter seinem Blick immer verlegener.

Sie dachte, daß er sie nun zum ersten Mal sah.

Vielleicht stellte er eine gewisse Ähnlichkeit zwischen ihr und Deirdre fest, würde aber zu der Erkenntnis kommen, daß sie längst nicht so schön war wie das Mädchen, in das er sich in London verliebt hatte.

Da er auf eine Antwort wartete, gelang es ihr, mit stockender Stimme zu sagen:

»Ich ... ich bin Saska Waverley. Aber ich kann mir nicht denken, was Sie mir zu geben hätten.«

Der Gedanke durchzuckte sie, Deirdre könnte ihm die Wahrheit gesagt haben, und nun wäre er gekommen, sie für ihre Dienste zu bezahlen. Und dieser Gedanke trieb sie an den Rand der Verzweiflung.

Mein Gott, dachte sie, etwas Schlimmeres könnte mir nicht passieren. Wenn er ihr Geld anbot, würde sie sich nicht nur erniedrigt fühlen, sondern zutiefst verletzt und gedemütigt.

»Was ich Ihnen wiederzugeben habe, Miß Waverley«, sagte der Duke betont förmlich, »ist ein Buch, in dem Ihr Name steht und das, wie ich mit Interesse festgestellt habe, von Ihrem Vater verfaßt wurde.«

Während er sprach, reichte er ihr »Das Licht der Götter«, das Saska im Zimmer des Duke liegengelassen hatte.

Da sie nach ihrer Rückkehr noch nicht den Wunsch gehabt hatte, das Buch in die Hand zu nehmen, aus dem sie dem Duke vorgelesen hatte und das sie an die glücklichsten Stunden erinnerte, die ihr je im Leben beschieden worden waren, hatte sie es noch nicht vermißt.

Sie blickte auf das Buch mit seinem abgegriffenen Einband, das den Verfassernamen ihres Vaters trug.

Und sie erinnerte sich an die Widmung, die auf dem Vorsatzblatt stand:

Für Saska, mein teure, innigstgeliebte Tochter, die mir bei der Abfassung dieses Werkes geholfen hat, weil sie an das Licht glaubt, das die Griechen der Welt geschenkt haben, und genauso leidenschaftlich danach sucht wie ich.

Langsam streckte Saska die Hand aus und griff nach dem schmalen Bändchen, das der Duke ihr hinhielt.

»Und nun«, sagte er mit veränderter Stimme, »haben Sie vielleicht die Freundlichkeit, mir zu erklären, wie es möglich war, daß ich dieses Buch, nachdem ich wieder sehen konnte, in meinem Schlafzimmer fand.«

Saska versuchte fieberhaft nach einer plausiblen Antwort. Sie war bereits drauf und dran zu sagen, sie hätte es Deirdre geliehen, als ihr die Lüge im Halse steckenblieb.

Sie brachte die Worte nicht über die Lippen, sie vermochte den Duke nur anzuschauen. Weil ihr Herz vor Angst auszusetzten drohte, ahnte sie nicht, wie reizvoll und hinreißend allein schon ihre Augen aussahen.

Sekundenlang konnten sie einander nur anblicken.

Dann sagte er:

»Hast du mich vermißt?«

»Ja, sehr!«

»Wie konntest du nur so grausam sein, so entsetzlich hartherzig, einfach abzureisen, ohne mir die Wahrheit gesagt zu haben?«

Weil er erzürnt klang, begann Saska zu zittern. Doch sie war ihm eine Antwort schuldig, und so überwand sie ihre Furcht. Mit einer Stimme, die aus weiter Ferne zu kommen schien, sagte sie:

»Woher weißt du es? Wie bist du darauf gekommen – oder hat Deirdre es dir gesagt?«

»Ich glaube, ich bin es, der hier die Fragen stellen sollte.«

»Bist du mir sehr böse?«

»Sehr – in der Tat!«

»Ich ... es tut mir leid.«

»Das ist zu wenig, viel zu wenig.«

»Was ... was kann ich denn tun?«

»Es gibt vieles, was du tun kannst. Du kannst mir zum Beispiel erklären, weshalb du mich belogen und getäuscht hast. Und – was noch wichtiger ist – weshalb du mich unbedingt zu einem Bigamisten machen wolltest.«

Saska preßte das Buch gegen die Brust, als könnte es den Aufruhr dämpfen, der in ihrem Innern tobte.

»Ich ... Das wollte ich – nicht«, stammelte sie. »Es war nur, weil ich eine solche – Angst hatte, es würde dich aufregen und die Operation könnte mißlingen, wenn ich nicht auf deinen Vorschlag einging.«

»Ich dachte mir schon, daß dies der Grund war«, erwiderte der Duke. »Andererseits hättest du den Mut aufbringen sollen, mir nach der Operation, als ich wieder sehen konnte, die Wahrheit zu gestehen.«

»Das hätte ich ja gern getan. Wie gern wäre ich bei dir geblieben – aber ich hatte Deirdre mein Wort gegeben ...«

Saska verstummte. Dann fuhr sie mit kaum hörbarer Stimme fort:

»Und du wolltest – doch sie heiraten.«

»Glaubst du wirklich, ich hätte etwas so Abscheuliches fertiggebracht?« fragte der Duke voller Entrüstung. »Wie konntest du der Meinung sein, ich würde eine andere heiraten, nachdem ich mit dir nach schottischem Gesetz vermählt war? Und dann ist da noch etwas, das wichtig für mich war und ist – wichtiger als alles andere sonst: Ich liebe dich.«

Die Art, wie er sprach, ließ Saska erbeben. Ihr war, als durchbohrte das Mondlicht erneut mit silbernen Speeren ihr Herz. Ihr ganzer Körper war plötzlich von einem wundervollen, zauberhaften Licht durchdrungen, und ein erregendes und niegekanntes Lebensgefühl erfüllte sie.

»Du – liebst mich?« fragte sie mit bebender Stimme.

»Ich liebe dich«, antwortete die dunkle Stimme. »Und da ich weiß, daß auch du mich liebst, kam ich her, um von dir zu erfahren, was du nun zu tun gedenkst.«

Saska zitterte am ganzen Leib, als sie hilflos fragte:

»Was kann ich denn tun?«

Der Duke lächelte zum erstenmal, seitdem er das Zimmer betreten hatte.

»Ich würde sagen, die Antwort lautet, daß du mir zu gehorchen hast.«

Mit einer heftigen Bewegung riß er sie in seine Arme, und seine Lippen fanden die ihren.

Er küßte sie, bis sie glaubte, nicht mehr sie selbst zu sein, sondern nur noch ein Teil von ihm.

Er trug sie hinauf in den Himmel, wie er es zuvor

getan hatte. Sie waren eins, verschmolzen zu einem neuen Wesen, nicht mehr vom sanften Schein des Mondes, sondern vom sengenden Glanz der Sonne eingehüllt.

Er küßte sie, bis ihr Herz zu zerspringen drohte, und sie spürte, daß es ihm nicht anders erging. Und weil es so wundervoll war, wieder bei ihm zu sein, und sie ihr Glück noch nicht zu fassen vermochte, rannen ihr die Tränen über die Wangen, ohne daß sie es merkte.

Der Duke hob den Kopf und blickte auf sie nieder.

»Wie konntest du mich nur verlassen?« fragte er. »Du gehörst mir, mein Liebling, so wie du mir gehörtest, als ich dich liebte und dich zu meiner Frau machte. Ja, du bist mein! Mein – jetzt und für immer!«

Die wilde, fast gewaltsame Art, in der er sprach, gab Saska das Gefühl, der Himmel würde sich über ihr auftun und eine überirdische Macht trüge sie auf silbernen Schwingen fort ins Paradies.

»Ich liebe dich!« sagte der Duke wieder.

»Aber du hast Deirdre versprochen, sie zu heiraten!«

Der Duke lächelte.

Dann legte er die Hand unter ihr Kinn und hob ihr tränenüberströmtes kleines Gesicht zu sich empor.

»Wie konntest du dich nur zu einem so lächerlichen Komplott hergeben, um mich zu täuschen? Wie konntest du nur glauben, ich würde den Unterschied zwischen der einen Frau und der anderen nur deshalb nicht bemerken, weil ich blind war?«

»Woran hast du es erkannt?«

Er lächelte.

»Ich gebe zu, am Anfang war ich verwirrt, weil

deine Stimme so süß und weich und sympathisch klang und sich überhaupt nicht nach Deirdre anhörte. Dann sagte mir mein – Instinkt, wie du es nennen würdest, daß die Strömungen deiner Persönlichkeit völlig anders waren als die von Deirdre und daß etwas Außergewöhnliches geschehen sein mußte. Doch ich wußte nicht, was es war.«

»Und ich glaubte, dich täuschen zu können.«

»Als Schauspielerin warst du jämmerlich schlecht«, erwiderte der Duke. »Und als du mir vorgelesen hast und wir über das Denken und die Welt der Griechen sprachen, war ich von dir so fasziniert wie noch von keiner anderen Frau.«

»Das – freut mich«, flüsterte Saska. »Aber es war nicht richtig von mir.«

»Natürlich war es nicht richtig«, stimmte der Duke ihr zu. »Aber vielleicht war es eine Fügung des Schicksals, daß die Worte deines Vaters uns miteinander verbanden. Als ich dann feststellte, daß ich dich liebte, wie ich noch nie eine Frau geliebt hatte, überkam mich eine panische Angst, dich zu verlieren.«

Saska schwieg einen Augenblick. Dann sagte sie:

»War das der Grund, weshalb du mich geheiratet hast?«

»Natürlich. Ich war kein solcher Narr, daß ich nicht gemerkt hätte, daß jemand anderes Deirdres Platz an meinem Krankenbett eingenommen hatte. Und es stand auch für mich fest, daß es nur deshalb war, weil sie ihre Zeit und ihre Schönheit nicht an einen Blinden verschwenden wollte.«

In seiner Stimme schwang ein Klang von Zynismus mit. Saska barg den Kopf an seiner Brust, weil sie seine Bitterkeit nicht ertragen konnte.

»Was ich befürchtete, war, daß du dich davonstehlen würdest, bevor ich wieder sehen konnte. Und am schlimmsten war für mich die Vorstellung, dich nie wieder ausfindig machen zu können.«

»Genau das hatte ich vor.«

»Ich habe es geahnt. Doch selbst dann hielt ich es für unmöglich, daß du deine Rolle nach unserer Trauung fortsetzen und mich, wie ich vorhin schon sagte, zum Bigamisten stempeln würdest.«

»Ich dachte, es wäre nicht schlimm, solange niemand davon wußte.«

»Aber du weißt es.«

»Ich bin nicht wichtig. Ich – zähle nicht.«

Der Duke blickte auf sie nieder und lächelte.

»Als meine Frau bist du sogar sehr wichtig«, sagte er. »Und als der Mensch, den ich über alles liebe, bist du wichtiger für mich als alles und jeder sonst auf der Welt.«

Saska stieß einen leisen, glücklichen Schrei aus.

»Genauso fühle ich für dich. Doch was können wir tun? Du hast Deirdre die Ehe versprochen.«

Der Duke antwortete nicht.

Er küßte sie wieder und wieder, und Saska konnte an nichts anderes mehr denken als daran, daß sie ihn liebte und wenigstens ein Teil von ihm stets ihr gehören würde – auch wenn er tausend Deirdres heiratete.

Dann hob er den Kopf und sagte:

»Es ist schon spät, und wir haben noch vieles zu tun, mein Liebstes. Beeilen wir uns also!«

Saska blickte ihn verwirrt an.

»Weil ich weiß, daß es dich freut...«, fuhr er fort. »Dein Vater wartet in der Kirche auf uns, um uns noch einmal zu trauen, bevor wir aufbrechen.«

»Mein – Vater?«

»Ich habe ihm alles erklärt, und er zeigte großes Verständnis für uns beide.«

»Du hast ihm gesagt, daß ich Deirdres Rolle gespielt habe?«

Der Duke schüttelte den Kopf.

»Ich dachte mir, das würde ihn zu sehr aufregen. Deshalb habe ich ihm nur erzählt, daß wir einander in Schottland begegnet sind, uns ineinander verliebt haben – und daß ich inzwischen wieder frei bin.«

Saska seufzte erleichtert.

»Ich habe ihm allerdings auch gesagt, daß es einiges Gerede gäbe, wenn unsere Hochzeit nicht eine Zeitlang geheimbliebe. Er will natürlich unbedingt, daß wir unser gemeinsames Leben mit dem Segen Gottes beginnen.«

»Das ... das kann nicht wahr sein!« rief Saska, und ihre Augen schwammen in Tränen.

»Es ist wahr, mein Liebling.«

»Aber – Deirdre?«

Der Duke ließ ein kurzes Lachen hören.

»Ich bin sehr klug vorgegangen. Nachher werde ich dir alles im einzelnen berichten. Doch ich möchte nicht, daß du dir noch länger Sorgen machst. Deshalb nur soviel: Deine Cousine hat das Verlöbnis mit mir gelöst.«

»Gelöst? Das glaube ich nicht.«

»Nachdem du abgereist warst, diktierte ich dem Sekretär meiner Großmutter einen Brief an Deirdres Vater und ließ durchblicken, daß die Ärzte nicht hundertprozentig sicher wären, ob ich mein Augenlicht jemals wiedererlangen würde. Aus diesem Grund betrachtete ich es als Ehrensache, seine Tochter aus dem mir gegebenen Eheversprechen zu entlassen.«

Saska starrte ihn ungläubig an. Dann fragte sie: »Und Deirdre hat – akzeptiert?«

»Natürlich hat sie«, erwiderte der Duke. »Oder kannst du dir vorstellen, daß jemand, der sich für die schönste Frau Englands hält, mit einem blinden Mann verheiratet sein möchte, der aller Voraussicht nach niemals wieder sehen wird.«

»Aber du hast – gelogen!«

»Ja, doch es ist nur eine winzige Lüge und eine weiße obendrein«, gab der Duke ihr recht. »Es geschah nur, damit sie ihren Stolz behält. Ich kann nicht glauben, daß es ihr gefallen hätte, wenn ich offen zu ihr gewesen wäre und ihr erklärt hätte: ›Ich kann dich nicht heiraten, weil ich schon verheiratet bin mit einer Frau, die ich aus tiefstem Herzen liebe und die meiner Meinung nach nicht nur schöner ist als du, sondern schöner als alle Frauen, die es auf der Welt gibt – ausgenommen die Göttin Aphrodite!‹ Was denkst du dazu?«

»Das ist schon wieder eine Lüge.«

»Nein, mein Schatz, es ist die Wahrheit«, widersprach der Duke. »Deine Cousine ist sehr schön – niemand kann das leugnen –, aber ihre Schönheit ist nur äußerlich. Deine dagegen kommt von innen, aus dem Herzen, aus der Seele. Sie bezieht ihre Leuchtkraft von jenem Licht, das – wie wir beide wissen – ein Abglanz des göttlichen Lichtes ist. Es verleiht deinem Gesicht eine Faszination, die so einmalig ist, daß man kein anderes mehr anschauen möchte.«

Da seine Worte einen tiefen Ernst verrieten, stieß Saska einen Laut des Entzückens aus. Sie schmiegte sich an ihn und barg ihr Gesicht zärtlich an seiner Schulter.

»Es gibt noch so vieles, was ich dir sagen möchte«, gestand der Duke leise. »Aber dein Vater wartet auf uns. Außerdem möchte ich, daß du etwas für mich tust.«

»Was?«

»Ich möchte, daß du das Kleid anziehst, das du an jenem Abend getragen hast, als ich dich zum ersten Mal küßte. Du hast es mir so beschrieben: silbern und mit Perlen besetzt, die die Durchsichtigkeit deiner Haut besitzen. Und so möchte ich dich als meine Braut sehen.«

Saska hob den Kopf.

»Wie kann ein Mensch nur so wundervoll sein!« rief sie. »Wie kannst du nur an all diese wundervollen Dinge denken, nur um mich glücklich zu machen?«

»Auf diese Frage werde ich später antworten. Aber jetzt mußt du dich beeilen, mein Liebling. Während dein Vater uns in der Kirche traut, wird Tomkins, der draußen wartet, deiner Hausgehilfin beim Packen der Koffer zur Hand gehen, so daß wir so schnell wie möglich von hier aufbrechen können.«

Er lächelte sie zärtlich an, bevor er hinzufügte:

»Ich brauche dir ja nicht zu sagen, daß niemand uns sehen soll. Ich möchte nämlich nicht, daß Deirdre und ihr Vater von unserer Eheschließung erfahren, bevor wir bereit sind, ihnen mitzuteilen, daß wir geheiratet haben und vor allem auch – daß sich mein Sehvermögen entgegen allen Befürchtungen deutlich gebessert hat.«

In der Stimme des Duke lag ein amüsierter Ton. Als Saska ihn voller Liebe anschaute, sagte er:

»Beeile dich, mein Liebstes, beeile dich! Oder man kommt mir auf die Schliche, und ich glaube, das wäre sehr verhängnisvoll!«

Sie stieß einen leisen Angstschrei aus und lief zur Tür.

Erst als sie dort angekommen war, blieb sie stehen und zog an einer Seidenschnur, die sie um den Hals trug.

Am Ende der Schnur hing der Siegelring, den sie auf der Brust versteckt hatte. Sie löste die Verknotung und kam zurück, um ihm den Ring zu reichen, der noch warm war von ihrer Haut.

Der Duke nahm den Ring und preßte die Lippen darauf. Als Saskas Augen den seinen begegneten, wußte sie, daß er an den Augenblick dachte, da er ihre Brüste geküßt hatte.

Sie errötete, drehte sich auf dem Absatz um und eilte aus dem Zimmer.

Während sie die Treppe nach oben lief, hörte sie, wie er die kleine Halle durchquerte, die Tür zur Küche öffnete und mit Nanny sprach.

Dann mischte sich eine dritte Stimme ein, und Saska wußte, daß auch Tomkins da war.

Obwohl Saska bereits seit einer Woche wieder zu Hause war, hatte Nanny noch nicht alle Koffer ausgepackt, denn sie waren sich noch nicht darüber klar geworden, was sie mit den Abendkleidern machen sollten, für die Saska wohl nie wieder Verwendung haben würde.

Das silberne mit dem Perlenbesatz lag ganz oben im Koffer. Und als Saska es herausnahm, stürzte Nanny völlig außer Atem ins Zimmer.

»Ich weiß zwar nicht, was Sie vorhaben, Miß Saska«, sagte sie aufgeregt, »aber wenn Sie meine Meinung hören wollen, dann ist Seine Gnaden der bestaussehende und netteste Gentleman, den ich seit vielen Jahren gesehen habe. Und ganz gewiß ist er ein Mann, der sehr genau weiß, was er will.«

»Ich liebe ihn, Nanny«, sagte Saska einfach.

»Das überrascht mich nicht«, erwiderte Nanny zufrieden. »Er ist genau der Mann, den sich Ihre Mutter für Sie gewünscht hätte – was Besseres läßt sich nicht über ihn sagen.«

Bei diesen Worten liefen ihr die Tränen über die Wangen, und Saska wußte, daß es Tränen der Freude waren.

Nanny half Saska nicht nur in das silberne Kleid, sondern sie brachte ihr auch den Brautschleier ihrer Mutter, den Brautkranz mit den Orangenblüten und die Seidenhandschuhe, die diese bei ihrer eigenen Hochzeit getragen hatte.

Saska stieg ein wenig verlegen die Treppe hinunter. Sie hatte schon wieder das Gefühl zu träumen. Sie war eingetreten in eine Märchenwelt, in welcher der Duke die Hauptperson war.

Fast fürchtete sie, der Traum würde wie eine Seifenblase zerplatzen, wenn der Duke nicht in der Halle auf sie wartete, wenn sie sich das alles nur eingebildet hatte!

Aber er stand da und beobachtete, wie sie die Treppe herunterkam.

In seinen Augen lag ein Ausdruck, der ihr ohne Worte verriet, wie sehr er sie liebte. Und nun, da sie ihn voll anblickte, entdeckte sie die winzigen kleinen Narben rings um seine Augen, wo die Splitter der Schrotladung ihn verletzt hatten.

Der Anblick störte sie nicht, mit der Zeit würden sie gewiß völlig verblassen. Außerdem liebte sie jede einzelne dieser Narben, denn schließlich waren sie es, die die Begegnung zwischen dem Duke und ihr herbeigeführt hatten.

Wenn er nicht zeitweilig erblindet gewesen wäre, dachte sie, würde Deirdre nach Schottland gereist sein. Sie, Saska, hätte ihn erst gesehen, nachdem er mit der Cousine verheiratet gewesen wäre.

Als wüßte der Duke, welche Gedanken durch ihren Kopf gingen, bot er ihr den Arm und legte seine Hand auf die ihre.

»Nun werden wir gemeinsam das Licht suchen, das dein Vater so wundervoll zu beschreiben vermag. Das Licht, zu dem er uns die Tore öffnen wird, wenn wir in der Kirche vor ihm knien.«

Weil sie wußte, daß kein anderer Mann sie so gut verstanden und genau die Worte gefunden hätte, die sie von ihm hören wollte, legte Saska die Wange gegen seinen Arm.

Es war eine so zaghafte Geste der Hingabe und Dankbarkeit, daß der Duke gerührt war.

»Ich liebe dich!« flüsterte Saska.

Dann zog sie ihn zu dem überdachten Gang, der direkt in die Sakristei führte.

Niemand sah sie, als sie das Vikariat verließen, und die Kirche war leer, und die Türen waren abgeschlossen.

Als sie den Chor betraten, wo Reverend Mervyn Waverley vor dem Altar bereits auf sie wartete, erstrahlte das Ostfenster hinter ihm im Sonnenlicht. Und Saska hatte das Gefühl, das ganze Kirchenschiff wäre durchflutet von einem himmlischen Licht.

Sie knieten vor ihrem Vater nieder, und aufs neue war da jenes geheimnisvolle Beben, jenes silberne Flügelschlagen und Singen silberner Räder, von denen in seinem Buch »Das Licht der Götter« die Rede war.

Als der Duke ihr dann den Ehering an den Finger steckte, schien die Lichtfülle noch intensiver und mächtiger zu werden. Und Saska wußte: Gottes Segen ruhte auf ihnen. Er hatte sie für Zeit und Ewigkeit verbunden.

*

Wieder im Vikariat, ging Saska nach oben, wo Nanny und Tomkins bereits den Koffer gepackt hatten, so daß Saska nur noch das Reisekostüm und den Umhang anziehen mußte.

Das silberne Kleid, in dem Saska soeben vor dem Altar gestanden hatte, legte Nanny im Koffer obenauf. Dann wurde der Deckel geschlossen.

Tomkins trug den Koffer nach unten, und Nanny folgte ihm, um das Frühstück zu machen.

Als Saska ins Eßzimmer trat, wo der Duke und der Vikar schon auf sie warteten, sagte Nanny zu ihr:

»Wie durch ein Wunder oder vielleicht auch weil sie Ihnen ein Hochzeitsgeschenk machen wollten, haben diese faulen Hühner heute morgen doch tatsächlich noch zwei Eier gelegt, so daß jetzt für jeden von Ihnen eins da ist.«

Ihre Stimme klang so vergnügt, daß der Duke schallend auflachte.

»Ich würde sagen, das ist in der Tat ein einzigartiges Hochzeitsgeschenk und zweifellos ein sehr genußreiches obendrein«, bemerkte er, und der Vikar lachte ebenfalls.

Da sie sah, wie glücklich die beiden waren, sagte Saska:

»Ich hätte es niemals für möglich gehalten, daß sämtliche Märchen der Welt auf einen Schlag für mich in Erfüllung gehen könnten, nachdem ich mich in der vergangenen Woche so elend und verzweifelt gefühlt habe!«

»Aber es ist so, mein Liebling«, sagte der Duke lächelnd. Dann wandte er sich an den Vikar und fügte hinzu: »Sobald wir unsere Eheschließung bekanntgegeben haben und aus unseren Flitterwochen wieder auf die Erde zurückgekehrt sind, würde ich mich mit Ihnen gerne über die Annahme einer Pfründe auf einer meiner Besitzungen in Kent unterhalten.«

Überrascht blickte der Vikar ihn an. Der Duke fuhr fort:

»Sie beinhaltet unter anderem das Amt eines Kanonikus an der Kathedrale von Canterbury. Sie werden in dieser Eigenschaft mehr Zeit für Ihre schriftstellerische Arbeit haben, was nach meiner und, wie ich inzwischen weiß, auch Saskas Meinung von größter Wichtigkeit ist.«

Saska stieß einen entzückten Laut aus.

»O Papa, das klingt ja wundervoll.«

»Ich glaube, ich träume«, sagte der Vikar.

»Das Gefühl hatte ich schon, seitdem ich meinen – Mann kennenlernte«, sagte Saska. »Und weil ich aus diesem Traum aufzuwachen fürchtete, hoffe ich, wir werden unsere Trauung so lange wie möglich geheimhalten können.«

»Da dies etwas ist, was auch ich mir wünsche, schlage ich vor, wir brechen unverzüglich auf. Meine Kutsche steht schon einige Zeit vor der Tür Ihres Hauses, Vikar, und könnte durchaus Anlaß zu Gerede im Dorf geben.«

»Ja, natürlich«, stimmte Saska zu. »Wir dürfen nicht länger bleiben.«

Sie erhob sich von ihrem Stuhl und sagte:

»Und wohin fahren wir? Ich denke, Papa würde es gerne wissen.«

»Ich wünschte mir, daß du mich dies fragen würdest«, antwortete der Duke. »Die Nacht werden wir nicht weit von hier in einem Haus verbringen, das mir gehört, das ich jedoch nur selten bewohne. Von da aus nehmen wir morgen den Zug nach Southampton.«

Saska blickte ihn fragend an.

»Meine Yacht liegt dort vor Anker«, erklärte er. »Dein Vater hat Verständnis für unseren Wunsch, die Flitterwochen möglichst lange auszudehnen und unsere Vermählung erst nach unserer Rückkehr nach London bekanntzugeben.«

»Das hört sich – so wundervoll an!« sagte Saska mit leiser Stimme.

»Ich hoffte, du würdest es gut finden. Und ich weiß, dein Vater wird mit unserem Reiseziel einverstanden sein.«

»Und was ist unser Reiseziel?«

Sie las die Antwort in den Augen des Duke, noch bevor dieser sagte:

»Griechenland. Was sonst? Wir werden das Licht suchen, mein Liebling. Das Licht, von dem dein Vater in so bewegenden Worten schreibt. Das Licht, das du mir gebracht hast.«

Saska streckte die Hand nach ihm aus, und sekundenlang vergaßen sie beide, daß sie nicht allein im Raum waren.

Als Saska dann den Ausdruck des Glücks auf ihres Vaters Zügen sah, gab sie ihm einen Kuß auf die

Wange. Und nachdem sie auch Nanny zum Abschied geküßt hatte, eilte sie nach draußen, wo die geschlossene Kutsche bereits wartete.

Der Duke blieb zurück und nahm Nanny zur Seite.

Mit leiser Stimme sagte er zu ihr:

»Ich werde Anweisung geben, daß Sie von meinem Gut in Buckinghamshire jede Woche mit Lebensmitteln und Wein versorgt werden. Achten Sie darauf, daß der Vikar bei Kräften bleibt, damit er das Buch, an dem er im Augenblick schreibt, bald beendet und gleich mit dem nächsten beginnt.«

Der Ausdruck auf Nannys Gesicht war sehr beredt. Doch gleichzeitig schien es ihr die Sprache verschlagen zu haben, denn sie brachte keinen Ton hervor.

Nachdem die Kutsche sich in Bewegung gesetzt hatte, warf Saska sich in die Arme des Duke und fragte:

»Ist es wahr? Ist es wirklich wahr, daß wir nach Griechenland fahren?«

»Natürlich«, antwortete er. »Wo sonst könnten wir das Licht suchen, und wohin sonst könnte ich die Frau führen, die es mit der schönsten aller Göttinnen aufnehmen kann, die jemals den Olymp geziert hat?«

*

Spät in der Nacht fragte Saska in den Armen des Duke:

»Du bist doch nicht mehr böse auf mich, weil ich dich getäuscht habe, nicht wahr?«

»Ich wäre sehr böse, wenn es mir nicht gelungen wäre, dich ausfindig zu machen«, erwiderte er. »Jetzt noch verspüre ich die entsetzliche Furcht, die mich erfüllte, als ich erfuhr, daß du abgereist warst. Und ich weiß, daß meine Großmutter es nicht verstehen konnte, weshalb ich so verzweifelt war. Ich fürchtete, dich nie mehr wiederzusehen.«

»Es war – grausam von mir. Aber ich werde alles wiedergutmachen, mein Liebster.«

»Das hast du bereits getan«, sagte der Duke. »Dennoch werde ich dich für deine Untat bestrafen, mein Herz, indem ich dich nie wieder aus den Augen und von meiner Seite lasse. Und ich werde dich so lieben, daß es uns unmöglich sein wird, uns jemals auch nur für kurze Zeit voneinander zu trennen.«

»Eine Trennung von dir würde für mich den Tod bedeuten«, sagte Saska leise. »Ich war ja so todunglücklich, und ich hatte solche Angst vor einer Zukunft – ohne dich.«

»Es war eine verrückte Handlungsweise, obwohl ich verstehen kann, daß du deiner Cousine helfen wolltest.«

Der Duke machte eine Pause, bevor er fortfuhr:

»Ich vermute, meine kleine Törin, es ist dir gar nicht in den Sinn gekommen, daß du ein Baby bekommen könntest. Was hättest du dann gemacht?«

Saska spürte, wie ihr das Blut in die Wangen stieg.

»Du magst mich für sehr unwissend halten«, antwortete sie leise, »aber erst nachdem du mich geliebt hattest, wußte ich, woher die Kinder kommen.«

Scheu barg sie das Gesicht an seiner Brust. Der Duke zog sie noch fester an sich, als er sagte:

»Wie unerfahren du warst, wurde mir klar, als ich dich zum ersten Mal küßte. Auch darin unterschiedest du dich von deiner Cousine. Und als ich dich liebte, war es für mich das erregendste und wundervollste Erlebnis, das ich jemals hatte.«

Er küßte ihre Stirn und fuhr fort:

»Und ich wußte, daß es etwas war, das dich unwiderruflich zu meiner Frau machte.«

»Das ist es, was auch ich fühlte und dachte«, murmelte Saska. »Und wenn du nicht gemerkt hättest, daß ich nicht Deirdre war, hätte ich nie einen anderen Mann geheiratet, weil ... weil ich deine Frau bin bis ans Ende meines Lebens.«

Der Duke schwieg.

Er küßte sie nur zärtlich und verlangend wie etwas unendlich Kostbares und Zerbrechliches.

Doch die samtene Weichheit und Unschuld ihrer Lippen erregten ihn. Seine Küsse wurden fordernder und heftiger.

Er spürte, wie Saskas Herz zu pochen begann. Die Erregung, die ihn ergriffen hatte, sprang wie ein Funke auf sie über und ließ sie am ganzen Körper erzittern.

Die Erkenntnis jagte einen Schauer der Leidenschaft durch seine Adern, und er fühlte, wie seine Liebe zur lodernden Flamme wurde.

Die Flamme aber wuchs und wuchs. Sie schlug höher und höher, so daß auch Saska davon erfaßt wurde.

Wieder wurden sie emporgetragen zum Himmel, so daß sie die Sterne zu berühren schienen.

Saska hatte das Gefühl, sie beide verwandelten sich in eine Lichtgestalt am Himmel. Und das Licht, das von ihnen ausstrahlte, war das Licht der Götter ... .